हिन्द पॉकेट बुक्स

काली रातें

दत्त भारती आधुनिक हिन्दी साहित्य के प्रमुख लेखक, कवि, नाटककार और सामाजिक विचारक थे। कहानी, कविताओं और लेखों के अलावा आपने कई सौ उपन्यास लिखकर साहित्य में अपना एक अलग विशिष्ट स्थान बनाया है। घर और स्कूल से प्राप्त आर्यसमाजी संस्कार, विश्वविद्यालय का साहित्यिक वातावरण, देशभर में होने वाली राजनैतिक हलचलें, बाल्यावस्था में आर्थिक संकट इन सबने आपको अति संवेदनशील, तर्कशील और विचारक बना दिया, जो आपके लेखन का आधार बना। आपको समाजसेवा एवं लेखन के लिए कई पुरस्कार भी मिले हैं।

काली रातें

विश्वासघात की अनोखी, घातक
सज़ा की लोमहर्षक कहानी

दत्त भारती

हिन्द पॉकेट बुक्स
पेंगुइन रैंडम हाउस इम्प्रिंट

हिन्द पॉकेट बुक्स

यूएसए। कनाडा। यूके। आयरलैंड। ऑस्ट्रेलिया। सिंगापुर
न्यू ज़ीलैंड। भारत। दक्षिण अफ्रीका। चीन

हिन्द पॉकेट बुक्स, पेंगुइन रैंडम हाउस ग्रुप ऑफ़ कम्पनीज़ का हिस्सा है,
जिसका पता global.penguinrandomhouse.com पर मिलेगा

पेंगुइन रैंडम हाउस इंडिया प्रा. लि.,
चौथी मंजिल, कैपिटल टावर -1, एम जी रोड,
गुड़गांव 122 002, हरियाणा, भारत

पेंगुइन
रैंडम हाउस
इंडिया

प्रथम हिन्दी संस्करण हिन्द पॉकेट बुक्स द्वारा 1974 में प्रकाशित
यह हिन्दी संस्करण हिन्द पॉकेट बुक्स में पेंगुइन रैंडम हाउस द्वारा 2022 में प्रकाशित

10 9 8 7 6 5 4 3 2

इस पुस्तक में व्यक्त विचार लेखक के अपने हैं, जिनका यथासंभव तथ्यात्मक सत्यापन किया गया है, और इस संबंध में प्रकाशक एवं सहयोगी प्रकाशक किसी भी रूप में उत्तरदायी नहीं हैं।

ISBN 9789353495800

मुद्रकः रेप्रो इंडिया लिमिटेड

www.penguin.co.in

काली रातें

सतीश ने कॉल बेल दबा दी। घण्टी की आवाज़ सारे बंगले में गूंज गई, और दो मंज़िला बंगला जाग गया।

टैक्सी चली गई थी। सतीश दरवाज़ा खुलने की प्रतीक्षा करने लगा। जब दरवाज़ा न खुला तो उसने दुबारा घण्टी के बटन पर उंगली रख दी।

"ये दोनों नौकर कहां मर गए।" वह बड़बड़ाया।

"आती हूं।" दासी राधा की आवाज़ आई।

"हूं।"

दूसरे क्षण दरवाज़ा खुल गया। राधा ने सतीश को देखा तो उसके चेहरे का रंग उड़ गया।

"साहब आप।"

"हां, मैं।" सतीश ने थके स्वर में कहा, "केवलसिंह कहां है?"

"जी! वह बाज़ार गया है।"

"इस समय?"

"जी हां।"

"क्या लेने?"

"सब्ज़ी वगैरा।"

"अच्छा तो तुम यह सूटकेस उठा लो।"

"लेकिन साहब, आप इतनी जल्दी कैसे लौट आए?"

"मेरा जहाज़ निकल गया। मैं देर से हवाई अड्डे पर पहुंचा।"

"जी।"

"मेम साहब कहां हैं?"

"जी...मेम साहब...!"

"हां-हां। यह तुम बौखलाई हुई क्यों हो?"

"जी नहीं... बिलकुल नहीं। मैं तो ठीक हूं। बात यह है कि आपको इस तरह अचानक देखकर मैं चौंक गई।"

"खैर, सूटकेस भीतर ले आओ। अब दरवाज़ा छोड़ दो। क्या मैं अपने घर में दाखिल नहीं हो सकता?"

"क्यों नहीं साहब, क्यों नहीं! आप तो इस घर के मालिक हैं।" कहकर वह हट गई।

सतीश अन्दर चला गया। यह ड्राइंग रूम और डाइनिंग हॉल था। वह जाकर सोफे पर बैठ गया और थके अन्दाज़ में सिगरेट सुलगाने लगा।

राधा सूटकेस अन्दर ले आई थी।

"साहब, इसे कहां रखना है?"

"मेरे बेडरूम में। या ठहरो, इसे यहीं रहने दो। मैं फोन करता हूं। शायद मुझे शाम की गाड़ी से टिकट मिल जाए, तो मैं शाम की गाड़ी से चला जाऊंगा। आज दूसरा जहाज़ तो मिल नहीं सकता। दूसरा जहाज़ कल दिन के दो बजे मिलेगा और मैं चार बजे लखनऊ पहुंचूंगा। क्यों न आज रात की गाड़ी से चला जाऊं और सुबह पहुंच जाऊं!"

"जी।"

"मैंने पूछा था मेम साहब कहां हैं?"

"जी, मेम साहब..."

"यह जी-जी क्या कर रही हो? इतनी घबराई हुई क्यों हो? यह बौखलाहट कैसी?"

"जी...वह...वह बाज़ार गई हैं।"

"और कार बाहर खड़ी है।"

"जी, वह अपनी एक सहेली के साथ उसकी कार में चली गई थीं।" कहकर राधा ने ज़ीने की ओर देखा जो ऊपर की ओर जाता था और जहां दो बेडरूम थे।

"सहेली के साथ गई हैं!"

"जी हां।"

"पक्की बात है?"

"जी हां।"

“खैर, मेरे लिए एक गिलास जूस लाओ।”

“जी, अच्छा।”

जैसे ही राधा चलने लगी, ऊपर से मेम साहब यानी रोमा की आवाज़ आई :

“राधा! राधा!”

राधा रुक गई। उसने सतीश को देखा और सतीश ने उसे।

“जी, मेम साहब!”

“दो गिलास जूस दे जाओ।”

“जी, अच्छा।”

ऊपर बेडरूम का दरवाज़ा बन्द होने की आवाज़ आई।

“राधा!” सतीश ने सिगरेट बुझाते हुए कहा।

“जी।”

“तो मेम साहब ऊपर नहीं थीं?”

“जी...जी...”

“यह अब जी-जी क्या कर रही हो? इसलिए कि तुम्हारी चोरी पकड़ी गई, और तुम्हारे झूठ का भांडा फूट गया?” सतीश ने आवाज़ को दबाते हुए कहा ताकि आवाज़ रोमा तक न पहुंच जाए।

“जी! मालकिन का यही आदेश था।”

“मालकिन का आदेश था! और मैं कौन हूं?”

“आप मालिक हैं।”

“और मालकिन का आदेश था कि मालिक से भी झूठ बोल दो? तो तुम मालकिन की स्वामीभक्त हो और मालिक से विश्वासघात कर रही हो! जानती हो इसकी सज़ा क्या है?”

“हजूर, मैं तो एक गरीब दासी हूं।”

“गरीब दासी! लेकिन अय्यार, मक्कार, झूठी और धोखेबाज़!”

“जी, भविष्य में ऐसा न होगा।”

“भविष्य! तो तुम समझ रही हो कि मैं तुम्हें भविष्य में ऐसा करने की अनुमति दूंगा? खैर, तुम्हें तो बाद में देखूंगा, पहले तुम्हारी मालकिन से निपट लूं। जाओ, जाकर जूस के गिलास लाओ।”

राधा फौरन चल दी। उसकी तो जान ही निकल गई थी। अब न मालूम

क्या हो! उसकी तो अब खैर न थी। लेकिन उसे मालकिन पर भरोसा था—वह उसे बचा लेगी। आखिर उसने ही तो यह हिदायत दी थी।

फ्रिज से उसने जूस की बोतल निकाली और दो गिलासों में जूस भरा और ट्रे में रखकर ले आई।

"इसे मुझे दे दो।" सतीश ने कहा।

"आपको!"

"हां। मैं इसे ऊपर लेकर जाऊंगा।"

"आप ऊपर जाएंगे!"

"क्यों? क्या मैं इस घर का मालिक नहीं?"

"लेकिन साहब, आप ऊपर न जाएं!"

"तुम इतनी घबराई हुई क्यों हो? ऊपर दूसरा कौन है?"

"मालकिन की सहेली।"

"फिर झूठ! अब छुपाने से क्या लाभ? मैं नहीं जानता था कि मेरे नौकर मेरा खाकर मुझसे नमकहरामी करेंगे। अब यह बताओ, यह खेल कब से जारी है?"

"जी, मैंने तो आज पहली बार देखा है।"

"बको मत। खैर, मैं तुम्हें बाद में निपटूंगा, पहले तुम्हारी मालकिन को मिल लूं। वह क्या कहती है और ऊपर कौन है, उसे जाकर मिल लूं।"

"मालिक, ऐसा न करें।"

"तो तुम मुझे रोक रही हो?"

"जी नहीं।"

"जी नहीं...फिर क्या चाहती हो?"

"आप ऊपर जाएंगे तो बात बढ़ जाएगी।"

"फिर तो मुझे अवश्य ऊपर जाना चाहिए। लाओ यह ट्रे दे दो।"

राधा ने ट्रे बढ़ा दी। वह बुरी तरह कांप रही थी।

सतीश ट्रे लेकर ऊपर चल दिया। एक-एक कदम मानो भारी हो गया था। क्रोध से उसके कान सुर्ख हो गए थे। लेकिन वह इस दशा में भी स्वयं पर संयम रखे हुए था।

ऊपर उसके बेडरूम का दरवाज़ा बन्द था। उसने दरवाज़े के पास खड़े होकर सुनने की चेष्टा की। "डार्लिंग! और न सताओ। बस, बहुत हो गई।" यह

रोमा की आवाज़ थी जिसे वह वर्षों से सुनता आया था।

"मैं सताता हूं या तुम मुझे सता रही हो!" पुरुष का स्वर सुनाई दिया। लेकिन वह यह निर्णय न कर सका कि यह किस पुरुष की आवाज़ है।

"अच्छा अब होश करो। राधा जूस लेकर आ रही होगी।"

"जूस से यह प्यास नहीं बुझ सकती।"

"तुम्हारी प्यास कभी बुझी है! तुम तो जन्म-जन्म के प्यासे हो। न मालूम तुम्हारी प्यास कैसे बुझ सकती है!"

"केवल तुम बुझा सकती हो।"

"मैं जितनी बुझाती हूं यह उतनी ही बढ़ती है।"

"इस में मेरा क्या दोष है! तुम्हारा सौन्दर्य, लावण्य, ये गुलाबी अधर—ये मेरी प्यास भड़का देते हैं।"

"अच्छा-अच्छा! अब जूस आ रहा है। उससे अपनी प्यास बुझाओ।"

"भगवान करे कि बुझ जाए।"

सतीश में अब और सुनने की शक्ति न थी। उसके जी में आया कि वह ट्रे फेंक दे; नीचे जाकर लाइब्रेरी से अपना रिवाल्वर निकाले और दोनों को ढेर कर दे। क्रोध से उसकी बुरी हालत हो रही थी। कान तप रहे थे और शरीर कांप रहा था।

लेकिन नहीं, उसने अपने विचार का खण्डन कर दिया। ऐसा तो होता आया है। वह उसे इस तरह न मारेगा, बल्कि कोई और रास्ता अपनाएगा।

वह अपनी आंखों से वह दृश्य देखना चाहता था कि उसकी बेवफा पत्नी पराये पुरुष की बांहों में कैसी दिखाई पड़ती है। उसने दरवाज़े पर दस्तक दी।

"राधा!" रोमा की आवाज़ आई, "दरवाज़ा नहीं खोलना, मैं आ रही हूं।"

"जल्दी निकल आओ," सतीश धीरे से बड़बड़ाया, "और अपनी आंखों से अपनी मौत देखो।"

दूसरे क्षण दरवाज़ा खुला और रोमा ने झांका। उसके शरीर पर पेटीकोट था और बस। जैसे ही उसने सतीश को देखा, उसके होश उड़ गए और चेहरे का रंग सफेद हो गया।

"तुम!"

"हां, मैं। तुम्हारे लिए जूस लाया हूं और काफी देर से बाहर खड़ा तुम्हारी बातें सुन रहा हूं।" सतीश ने बड़े संयम से उत्तर दिया।

"लेकिन...लेकिन...तुम..."

"मैं हवाई जहाज़ न पकड़ सका। देर से हवाई अड्डे पहुंचा। क्या मुझे अन्दर आने के लिए न कहोगी?"

"अन्दर..."

"हां। मैं देखना चाहता हूं कि तुम्हारे साथ कौन है।"

"कोई भी नहीं।"

"तो फिर हिचकिचाहट कैसी? फिर तो मैं भीतर आ सकता हूं।"

"लेकिन मैंने कपड़े नहीं पहन रखे।"

"डार्लिंग, इतनी देर क्यों लगा रही हो?" अन्दर से पुरुष की आवाज़ आई।

"तो अन्दर कोई नहीं? केवल तुम हो?"

रोमा से उत्तर न बन पड़ा।

"खैर, ये जूस के गिलास ले लो। मैं नीचे लाइब्रेरी में तुम्हारी प्रतीक्षा कर रहा हूं। और तुम अपने प्रेमी को घर से निकाल दो। कहीं ऐसा न हो कि मुझे एक की जगह दो खून करने पड़ जाएं।"

रोमा ने कांपते हाथों से ट्रे थामी और दरवाज़ा बन्द हो गया।

सतीश दबे और भारी कदमों नीचे चल दिया।

"गज़ब हो गया!" रोमा ने उखड़े सांस से कहा।

"क्यों, क्या हुआ?" दर्शन ने मुस्कराकर कहा।

"वह लौट आए हैं।"

"वह! तुम्हारा मतलब सतीश से है?"

"हां।"

"ओह भगवान, अब क्या होगा!" कहकर उसने छलांग लगाई और पलंग से निकल आया।

"मेरी पतलून कहां है?"

"वह सामने पड़ी है।"

दर्शन जल्दी-जल्दी पतलून पहनने लगा। "इस समय कहां है वह?"

"बाहर।"

"बाहर! तुम्हारा मतलब दरवाज़े के बाहर?"

"हां। जूस वही लाए थे, और उन्होंने दरवाज़े के बाहर खड़े होकर सब कुछ

सुन लिया है।"

"ओह भगवान! फिर तो गज़ब हो गया। अब मैं घर से कैसे निकल सकूंगा?"

"तुम तो निकल जाओगे लेकिन मेरी कुशल नहीं। उन्होंने कहा है कि उन्होंने दरवाज़े के बाहर खड़े होकर सब कुछ सुन लिया है। फिर मैंने कहा, भीतर कोई नहीं और उसी समय तुम पुकार उठे, 'डार्लिंग, इतनी देर क्यों लगा रही हो?' जानते हो उन्होंने क्या कहा?"

"क्या?"

"अपने यार को कोठी से निकाल दो और नीचे लाइब्रेरी में आ जाओ। ऐसा न हो कि आज मेरे हाथ से दो खून हो जाएं।"

"क्या उसके हाथ में रिवाल्वर था?"

"नहीं, वह तो लाइब्रेरी में पड़ा है।"

"तो वह रिवाल्वर लेने गया है? बाप रे! रोमा डार्लिंग, मैं किस रास्ते से कोठी से बाहर निकलूं?"

"भाड़ में गई डार्लिंग! तुम्हें अपनी जान की चिंता सता रही है और मेरी कोई चिंता नहीं?"

"लेकिन रिवाल्वर के आगे मैं क्या कर सकता हूं? डार्लिंग, मूर्ख न बनो। मुझे पहले निकल जाने दो। तुम परिस्थिति को संभाल लेना।" दर्शन ने कहा।

"क्या खूब! यही था तुम्हारा प्रेम?"

"प्रेम का अर्थ रिवाल्वर की गोली नहीं।"

"अब मेरा क्या होगा? तुम भी मुझे छोड़कर जा रहे हो!"

"तुम आज संभाल लो। यदि उसने तुम्हें तलाक के लिए कहा, तो फौरन मान लेना। मैं दूसरे दिन विवाह कर लूंगा।"

"यदि जीवित रही तो...

"अब मैं जाऊं किधर से?"

"जिस रास्ते से आए थे।"

"यदि वह नीचे हॉल में रिवाल्वर लिए प्रतीक्षा कर रहा हो, तो..."

"तो हम दोनों खत्म हो जाएंगे।"

"मैं ऐसी मूर्खता नहीं कर सकता।"

"क्या मतलब?"

"मैं एक स्त्री की खातिर जान नहीं दे सकता।"

"तो यही था तुम्हारा प्रेम?"

"प्रेम गया भाड़ में! जान है तो जहान है।"

"कायर, कमीने! तुम मुझे मौत के हवाले करके जा रहे हो! यही है तुम्हारा प्रेम?"

"इस समय प्यार की नहीं, जीवन और मृत्यु की बात करो। प्यार की बातें करने के लिए सारी आयु पड़ी है। बताओ मैं कोठी से कैसे निकलूं?"

"जैसे आए थे। कहा नहीं मैंने!"

"लेकिन तुम भी साथ चलो। बल्कि आगे-आगे चलो। लो अब जल्दी से साड़ी पहन लो।"

"वह तो मैं पहन लूंगी, लेकिन मैं नहीं जानती थी कि तुम इतने बड़े कायर हो।"

"वीरता दिखाने के बहुत-से अवसर आएंगे। जब वह तुम्हें तलाक देगा तो मैं स्वयं विवाह कर लूंगा।"

"मेरी लाश से विवाह करना। शायद वह लाश ठिकाने भी न लगाए। मुझे खत्म करके सीधा पुलिस स्टेशन जाकर बयान दे दे कि मैंने अपनी बेवफा पत्नी को गोली मार दी है। उस सूरत में मेरी लाश ठिकाने लगाने वाला भी कोई न होगा।"

"अच्छा-अच्छा, मैं संभाल लूंगा। एक बार तुम मुझे इस कोठी से निकाल दो। मैं सीधा पुलिस स्टेशन जाकर पुलिस की मदद लाता हूं।"

"और वहां क्या कहोगे?"

"यही कि एक औरत का जीवन खतरे में है।"

"हूं!" रोमा ने साड़ी और ब्लाउज़ पहन लिए थे।

"तुम एक बार जाकर देख आओ कि वह हॉल में तो नहीं!"

"और तुम साथ नहीं चलोगे?"

"पागल न बनो। ऐसी स्थिति में होश से काम लेते हैं। भावावेश मानव को मूर्ख बना डालता है और इस समय हमें अकल की ज़रूरत है।"

"तो तुम मुझे उसकी दया पर छोड़कर जा रहे हो?"

"मुझे एक बार कोठी से निकल जाने दो, मैं सब संभाल लूंगा।"

"और अब क्यों नहीं?"

"रोमा डार्लिंग, समय नष्ट न करो। जाकर देखो वह हॉल में तो नहीं!"

"ओह!" रोमा ने गहरी सांस ली और कमरे से निकल गई। उसने ज़ीने के सिरे पर खड़े होकर नीचे हॉल का निरीक्षण किया। वह वहां न था। उसने कहा था कि वह लाइब्रेरी में होगा इसलिए वह लाइब्रेरी में उसकी प्रतीक्षा कर रहा होगा।

उसने वापस आकर बताया, "हॉल खाली है।"

"बस ठीक है। अब तुम आगे-आगे चलो, बल्कि मेरी माना तो यदि हॉल खाली हुआ तो तुम भी मेरे साथ निकल चलो। वह इस समय क्रोध में है। दो-चार दिन किसी होटल में रह लो। मैं इसका प्रबन्ध कर दूंगा। इस अरसे में उसका क्रोध उतर जाएगा।"

"नहीं, मैं अब परिस्थिति का सामना करूंगी।"

"यह पागलपन है।"

"मुझे इस तरह फरार होने से कुछ प्राप्त न होगा।"

"खैर, यह तुम्हारी इच्छा है। आओ चलें।"

"आओ।" कहकर रोमा बढ़ गई। दर्शन कांपता हुआ और भगवान का स्मरण करता हुआ उसके पीछे-पीछे चल रहा था।

"तुमने अच्छी तरह देख लिया था ना?" उसने दबे स्वर में पूछा।

"हां।"

ज़ीने के सिरे पर वह रुक गए। उसने एक बार हॉल का निरीक्षण किया। वह कहीं नज़र न आ रहा था।

"कहीं छुपा हुआ न हो!" दर्शन ने धीरे से कहा।

"अब जो होना है, होकर रहेगा। यदि उसे गोली मारनी होती तो वह अब तक ऊपर आ गया होता।"

वे डरते-डरते और सहमे-सहमे नीचे उतरने लगे। एक-एक सीढ़ी उतर रहे थे। भगवान का नाम लेकर वे हॉल में पहुंचे। लेकिन वह कहीं नज़र न आ रहा था। दर्शन पूरी शक्ति से बड़े दरवाज़े की ओर दौड़ा। लेकिन गोली न चली। उसने जल्दी से दरवाज़ा खोला और वह दूसरे ही क्षण बाहर था। बाहर निकलकर वह रुका नहीं बल्कि तेज़ दौड़ता रहा और जब तक उसका सांस न फूला, वह दौड़ता ही रहा।

'बच गए...बच गए!' उसने फली सांस से मन ही मन कहा, 'अब भविष्य में ऐसी भूल न होगी।'

इधर लाइब्रेरी में पहुंचकर सतीश ने मेज़ के दराज से रिवाल्वर निकाला। उसे खोलकर देखा। वह भरा हुआ था और उसमें छः गोलियां थीं। रिवाल्वर उसने मेज़ पर रख दिया और लाइब्रेरी में बेचैनी से टहलने लगा। अभी तक वह किसी फैसले पर नहीं पहुंच पाया था। उसकी दुनिया ही लुट गई थी। सात वर्ष पुरानी शादी की आज उसने अर्थी देख ली थी। इनका एक मासूम लड़का था—भूषण, जो उस समय स्कूल में था। कोठी में उसकी विश्वासघातिनी पत्नी थी और उसका यार। और इसके सामने रिवाल्वर पड़ा था। उसने उन्हें रंगे हाथों पकड़ लिया था, लेकिन अब वह क्या सोच रहा था! केवल दो गोलियां काफी थीं। वह अच्छा निशानेबाज़ था। फिर उसे कौन-सी शक्ति ऐसा कदम उठाने से रोक रही थी?

दरवाज़े पर आहट हुई।

"आ जाओ।"

दूसरे क्षण रोमा भीतर थी। वह आंखें मिलाने का साहस न कर रही थी। लेकिन उसने मेज़ पर पड़ा हुआ रिवाल्वर देख लिया था। तो वह अब कुछ मिनटों की मेहमान थी! मौत निश्चित थी! अब वह कुछ न छुपा सकती थी। कोई झूठ उसे बचा न सकता था।

"बैठ जाओ।" सतीश ने आदेश दिया। रोमा कुर्सी पर बैठ गई।

"तो तुम्हारा यार चला गया?"

रोमा ने उत्तर न दिया।

'अब चुप क्यों साध ली है? तुम्हें मेरे प्रत्येक प्रश्न का उत्तर देना होगा। मैंने उसे खिड़की से देख लिया था। वह कोठी से निकलकर बेतहाशा भागने लगा जैसे मौत उसका पीछा कर रही थी। कायर! आखिर वह तुम्हें अकेली छोड़ गया!"

रोमा ने उत्तर न दिया।

"मेज़ पर रिवाल्वर पड़ा है। इसमें छः गोलियां हैं। तुम्हारे और तुम्हारे प्रेमी के लिए केवल दो गोलियों की आवश्यकता थी। वह तो भाग गया है, लेकिन तुम यहां बैठी हो।"

रोमा एक क्षण के लिए संभल गई। यदि सतीश को मारना ही था तो इन धमकियों की क्या आवश्यकता थी? उसने दर्शन को कोठी से निकलने क्यों दिया? अब वह उसे भी न मारेगा।

"ऐसी स्थिति में जब पति अपनी पत्नी को रंगे हाथों पकड़ लेता है, तो सबसे

पहले वह उसके प्रेमी को मार डालता है। लेकिन मैं ऐसा मूर्ख नहीं। प्रेमी सज़ा का पात्र नहीं होता, बल्कि पत्नी होती है जो पति से विश्वासघात करती है। पत्नी दोषी होती है। वही सज़ा की अधिकारिणी होती है। यही कारण है कि मैंने तुम्हारे प्रेमी को कोठी से निकलने का अवसर दिया। इस बदचलनी की ज़िम्मेदार तुम हो। तुमने विश्वासघात किया है। दर्शन ने विश्वासघात नहीं किया। उसने केवल मित्रता का विश्वास तोड़ा है और तुमने घर-बार, विवाह, बच्चे, सब कुछ दांव पर लगाकर मेरी मान-मर्यादा का मज़ाक उड़ाया है। तुम उसके बेडरूम में नहीं पकड़ी गईं बल्कि वह तुम्हारे बेडरूम में पकड़ा गया। इसलिए इस जुर्म की सज़ा तुम्हें भुगतनी पड़ेगी।"

रोमा मुजरिम की भांति सिर झुकाए बैठी थी। काटो तो खून नहीं। बोलने के लिए अब रह ही क्या गया था! अब तो जो कुछ होगा वह उसे भुगतना पड़ेगा।

"अब इससे पहले कि मैं कोई फैसला करूं, कुछ बातों की व्याख्या चाहता हूं। आशा है तुम सच-सच बताओगी।"

रोमा ने एक बार उसे आंखें उठाकर देखा, जैसे स्वीकृति दे रही हो।

"यह सिलसिला कब से जारी है?"

"आज पहली बार हुआ है।"

"झूठ।"

"यह सच है।" रोमा ने धीमे स्वर में कहा।

सतीश उसके निकट आकर खड़ा हो गया और उसे घूरने लगा। रोमा का दिल धक्-धक् कर रहा था। न मालूम अब क्या हो! वह दृष्टि उठाने का साहस नहीं कर रही थी।

"क्या तुम अब भी सच नहीं बोल सकतीं?"

"यह सच है।"

सतीश ने पूरे वेग से उसके चेहरे पर थप्पड़ जड़ दिया। फिर दूसरे गाल पर बायें हाथ से..."तुम्हें सब कुछ बताना होगा।"

रोमा का सिर भिन्ना गया था। जीवन में पहली बार सतीश ने उसपर हाथ उठाया था और उसे पता चला कि उसके थप्पड़ों में बड़ी ताकत है।

"यह तीसरी बार था।"

"और पहले दो बार कहां मिली थी?"

"एक बार होटल में कमरा लिया था।"

“और यदि कोई परिचित वहां आ जाता तो?”

“इस शहर में नहीं, यहां से बीस मील दूर एक ऊंचे दर्जे का होटल है।”

“ओह वह! वह तो इसी काम के लिए बना है।...दूसरी बार?”

“दूसरी बार जब आप शहर से बाहर थे।”

“कहां?”

“इसी बेडरूम में।”

“और उसके बाद तुम मेरे साथ इसी बेडरूम में और इसी बेड पर सोती रहीं?”

रोमा ने उत्तर न दिया।

“तुम वही बातें करती रहीं जो मुझसे कहती रहीं! मैं दरवाज़े के बाहर खड़ा सुन रहा था जब वह कह रहा था कि तुम मुझे बहुत सताती हो और यही शब्द तुमने मुझसे कितनी बार कहे हैं। मैं समझता था कि यह प्यार है जो तुम्हें ऐसी बातें कहने पर बाध्य करता है; लेकिन अब तो लगता है कि यह तुम्हारा स्वभाव है। तुम प्रत्येक पुरुष को यही बात कह सकती हो।”

रोमा निरुत्तर थी।

“उत्तर दो।”

“मैं लज्जित हूं।”

“तुम लज्जित हो! लेकिन उस समय लज्जा न आई जब मेरे साथ इसी पलंग पर सोती रहीं जिसपर दर्शन के साथ सोती थीं?”

“मैं गर्व से सिर नहीं उठा सकती।”

“गर्व इन्सानों और स्वाभिमानियों में होता है। तुम एक कुतिया से भी गई-गुज़री हो। तुममें और एक कुतिया में क्या अन्तर है?”

“मैं लज्जित हूं।”

“लेकिन इससे क्या लाभ?”

“मैं भविष्य में ऐसा न करूंगी।”

“और जो हो गया है उसे कैसे दूर कर सकोगी? मेरे मस्तिष्क से यह कैसे मिटा सकती हो कि तुम बेवफा हो?”

“मुझसे गलती हो गई।”

“तुम इसे गलती कहती हो?”

“जी।”

"इसके अतिरिक्त और कितने पुरुष आए हैं तुम्हारे जीवन में?"

"और कोई नहीं।"

"फिर झूठ?" एक थप्पड़ पड़ा।

"यह सच है।"

"मैं तुम्हारी किसी बात का विश्वास नहीं करता।"

वह चुप रही।

"मैं समझता था कि मैं पूर्ण रूप से स्वस्थ, जवान और हृष्ट पुष्ट पुरुष हूं। दुर्भाग्य से सुन्दर भी हूं और अच्छे व्यवसाय का मालिक भी हूं तथा तुम समझती हो कि क्लब में मेरे गिर्द औरतें नहीं मंडलाती हैं। लेकिन मैं तुम्हारे प्रेम पर पूर्ण विश्वास रखता था इसलिए मैंने कभी किसी पराई स्त्री को शह नहीं दी। न ही कभी किसीको बुरी नज़र से देखा। हालांकि मुझे अधिक अवसर मिलते थे, और फिर मैं एक पुरुष था। लेकिन आज तुमने मेरी मानमर्यादा को ही नहीं ललकारा बल्कि मेरे पौरुष को भी ललकारा है। आखिर तुम्हें किस वस्तु की कमी थी?"

"यह मेरी भूल थी।"

"और इस भूल का सुधार कैसे हो सकता है?"

"आप मुझे क्षमा कर दें। भविष्य में ऐसा कभी न होगा।"

"और यह कैसे भूल जाऊं कि जब मैं जूस लेकर पहुंचा और तुमने दरवाज़ा खोला, तो तुम्हारे शरीर पर केवल पेटीकोट था, ब्लाउज़ भी नहीं? जब भी वह दृश्य याद आएगा तो मुझपर क्या बीतेगी?"

"और आप जो भी सज़ा देंगे वह मुझे स्वीकार होगी।"

"सज़ा!" सतीश हटकर टहलने लगा, "सज़ा कौन दे सकता है और फिर कैसी सज़ा? मेज़ पर रिवाल्वर पड़ा है। एक गोली तुम्हें खत्म कर सकती है, दूसरी गोली से मैं स्वयं को खत्म कर सकता हूं; लेकिन मेरे मस्तिष्क में केवल एक प्रश्न है।"

रोमा ने निगाहें उठाकर देखा।

"मेरा बेटा भूषण। यदि मैं ऐसा करता हूं, तो उसका जीवन क्या होगा? उसका भविष्य क्या होगा? स्कूल में उसके साथी छात्र उसे क्या कहेंगे? एक हत्यारे पिता का बेटा! यदि मैं तुम्हें गोली मार दूं और स्वयं को पुलिस के हवाले कर दूं, तो हो सकता है मुझे चार वर्ष की सज़ा हो या दस वर्ष की। मैं वह सज़ा काटकर लौट सकता हूं। लेकिन भूषण को स्कूल में दूसरे बच्चे कहेंगे कि इसका पिता खूनी

है, हत्यारा है, उसने पत्नी की हत्या कर डाली। और जब भूषण बड़ा होगा, समझने योग्य होगा, तो उसे पता चलेगा कि उसके पिता ने उसकी मां की हत्या क्यों की। इसलिए कि वह कुलटा थी। तो क्या वह गर्व से सिर ऊंचा कर सकेगा?"

रोमा ने उत्तर न दिया।

"मुझे आज तुम्हारा पिता याद आ रहा है जो अपनी बेटी की प्रशंसा करता थकता न था। आज वह होता तो मैं उसे दिखाता कि उसकी योग्य बेटी की काली करतूत क्या है। वह आवारा, कुलटा और बेवफा है।"

रोमा ने शांति की सांस ली। वह समझ गई कि सतीश रिवाल्वर का प्रयोग न करेगा। वह उसे जान से न मारेगा। उसकी जान तो बच गई थी, पर अब क्या होता है यह देखना था। तीन थप्पड़ यदि इस तूफान को खत्म कर दें, तो और क्या चाहिए!

"तुमने सोचा तो होगा कि एक दिन तुम पकड़ी जाओगी और जब पकड़ी जाओगी तो क्या होगा?"

रोमा चुप रही।

"उत्तर दो।"

"मैंने ऐसा सोचा ही न था।"

"खूब! तो तुम दुनिया की वह चोर हो जिसकी चोरी पकड़ा न जा सकती हो! ऐसा विश्वास कैसे पैदा हुआ?"

"मैं कह नहीं सकती।"

"यानी तुमने सोच रखा था कि कभी पकड़ी न जाओगी! और यह खेल जारी रखोगी!"

"मैं बहुत लज्जित हूं।"

"इसलिए कि तुम्हारी चोरी पकड़ी गई।"

"जी नहीं।"

"क्या मतलब?"

"जो कुछ हुआ मैं उसके लिए लज्जित हूं।"

"और तुम चाहती हो कि मैं उसे भूल जाऊं?"

"समय भुला सकता है।"

"लेकिन मैं उन लोगों में नहीं। जो लोग मेरा विश्वास तोड़ते हैं, मुझसे धोखा और फरेब करते हैं और बेवफाई करते हैं, मैं उन्हें कभी क्षमा नहीं करता।"

"आप मुझे एक अवसर तो दे सकते हैं। मैं एक पतिव्रता पत्नी बनकर दिखाऊंगी।"

"लेकिन मैं यह सब कुछ कैसे भूल सकता हूं जो मेरी आंखों ने देखा है?"

"समय उसे भुला देगा।"

"और यही सोचकर तुमने यह सब कुछ किया था?"

"जी नहीं। अब मेरी आंखें खुल गई हैं।"

"किस तरह?"

"मैंने भूषण के प्रति कभी सोचा ही न था।"

"और अब सोच लिया है?"

"जी हां।"

"तलाक के बारे में क्या विचार है? इसलिए कि मैं एक स्त्री के कारण अपना जीवन नष्ट नहीं कर सकता। मैं जीवित रहा तो दर्जनों स्त्रियां मिल जाएंगी।"

"मैं तलाक नहीं चाहती।"

"और तुम्हारे मिस्टर दर्शन ने नहीं कहा कि यदि मैं तुम्हें तलाक दूं तो वह तुम्हारे साथ विवाह कर लेगा?"

"मुझे उससे घृणा हो गई है।"

"क्यों?"

"वह मुझे कायर की भांति छोड़कर भाग गया। उसे अपनी जान बहुत प्यारी थी।"

"लकिन उसने विवाह की इच्छा तो प्रकट की थी न?"

रोमा चुप रही।

"उत्तर दो।"

"उसने कहा था।"

"फिर तलाक क्यों न हो जाए?"

"मैं भूषण को नहीं छोड़ सकती।"

"तो तुम जानती हो कि कोई अदालत तुम्हें भूषण को न देगी और अब तुम्हारे अन्दर भूषण का प्यार जाग उठा है!"

"मैं उसके बिना जीवित नहीं रह सकती।"

"यह तुम्हारा भ्रम है। तुमने मुझसे भी इसी प्रकार कहा था कि मेरे बिना

तुम जीवित नहीं रह सकतीं; लेकिन आज जो मैंने देखा है उसने सिद्ध कर दिया है कि तुम भूषण के बिना भी जीवित रह सकती हो।"

"जी नहीं।"

"क्या नहीं?"

"मैं स्वीकार करती हूं कि मुझसे भूल हो गई है।"

"तुम इसे भूल कहती हो! मैं कहता हूं तुम परिणाम से परिचित थी। भूल अनजाने में होती है, लेकिन तुम एक बार नहीं, दो बार नहीं, बल्कि तीन बार दर्शन के साथ बिस्तर में गईं। कानून भी एक गलती को तो क्षमा कर सकता है, लेकिन उसे नहीं जो जान-बूझकर और सोच-समझकर क्रिया जाए।"

"कोई स्त्री सौत नहीं देख सकती।"

"क्या मतलब?"

"यदि आप मुझे क्षमा नहीं कर सकते, तो मेरी प्रार्थना है कि आप दूसरा विवाह कर लें; लेकिन मुझे भूषण से अलग न करें।"

"दूसरा विवाह?"

"हां। मैं उसको सहन कर लूंगी, लेकिन भूषण से अलग नहीं हो सकती। मैं भूषण के बिना जीवित नहीं रह सकती।" कहकर रोमा रोने लगी।

"यह टसुए बन्द करो, मुझपर इनका कोई प्रभाव नही हो सकता।"

"मैं दूसरी शादी को समझ लूंगी कि वह मेरी सज़ा है और मैं उस सज़ा को भुगत लूंगी।"

"यह तो वही बात हुई कि एक नकटे ने भगवान दिखाने की आड़ में कई लोगों को नकटा बना डाला।"

"मैं ऐसा नहीं समझती।"

"खैर, मैं समझता हूं। और अब मैं वकील के पास जा रहा हूं। देखता हूं कि तलाक लेने में मुझे क्या परेशानी उठानी पड़ेगी!"

"मैं हाथ जोड़ती हूं, मिन्नत करती हूं, आप तलाक न दें, कोई और सज़ा दे दें।"

"लेकिन तलाक क्यों नहीं?"

"क्योंकि मैं भूषण से जुदा कर दी जाऊंगी।"

"बहुत देर के बाद होश में आई हो! खैर, तुमने जो करना था कर लिया, अब मेरी बारी है। और तुम मुझे रोक नहीं सकतीं।" कहकर वह लाइब्रेरी से

बाहर निकल गया।

अब रोमा अकेली रह गई। रिवाल्वर मेज़ पर पड़ा था। उसके जी में आया कि एक गोली से अपने को खत्म कर दे। अब वह अपमान का जीवन व्यतीत न कर सकती थी। उसने रिवाल्वर उठाया और फटी-फटी आंखों से देखने लगी।

तीन मास पहले वह दर्शन से क्लब में मिली थी। उससे पहले वह उसे क्लब में देखा तो करती थी, लेकिन उसके साथ कभी बातचीत करने का अवसर न आया था।

सतीश क्लब के एक कोने में रमी खेल रहा था और वह कुछ सहेलियों के साथ बातें कर रही थी। दो-एक सहेलियां व्हिस्की पी रही थीं और ऊन से लेकर सेक्स तक हर विषय पर बात कर रही थीं।

उस शाम वह भेज़ से उठकर बाथरूम की ओर जाने लगी तो रास्ते में दर्शन खड़ा था।

"मैं आपसे कुछ बात करना चाहता हूं।"

"मैं तो आपको जानती नहीं।"

"मैं अपने सम्बन्ध में सब कुछ बता दूंगा। आप जल्दी में तो नहीं?" दर्शन ने मुस्कराकर कहा।

"मैं बाथरूम जा रही हूं।"

"आप बाथरूम होकर आइए, मैं यहां आपकी प्रतीक्षा करूंगा। मुझे बहुत ज़रूरी बात करनी है।"

"हूं।" कहकर वह बाथरूम की ओर बढ़ गई। जब वह बाथरूम से लौटी तो दर्शन वहीं खड़ा था।

"बाथरूम हो आईं?"

"जी।"

"खड़े होकर बातें करना कुछ अच्छा नहीं लगता। बाहर लॉन में हरी घास मुझे बहुत पसन्द है। थोड़ा-सा एकान्त भी होगा और शोर बिलकुल न होगा। आइए, वहां चलते हैं।"

"लेकिन मेरी सहेलियां..."

"इन शराबी औरतों को, जो केवल वाहियात सेक्स पर बातें करती हैं, आप अपनी सहेलियां कहती हैं!"

रोमा निरुत्तर हो गई। दर्शन की आंखों में एक जादू था जो उसपर प्रभाव दिखा रहा था। वह स्वयं को इतना कमज़ोर पा रही थी कि उसकी दावत को ठुकरा न सकी।

"क्या सोचने लगी?"

"चलिए!"

"धन्यवाद!"

वे दोनों हॉल से निकलकर बाहर लॉन में चले गए जहां दो-तीन मेज़ों पर जोड़े बैठे थे और धीमी-धीमी आवाज़ में बातें कर रहे थे।

उन्हें पसन्द का मेज़ मिल गया। "बैठिए।" रोमा बैठ गई। और दर्शन उसके सम्मुख बैठ गया।

"क्या पीजिएगा?"

"कुछ नहीं।"

"कहिए तो मैं स्क्वैश का आर्डर दे दूं?"

"कोई ज़रूरत नहीं।"

"चाहे मत पीजिएगा, आपके सामने पड़ा रहेगा।" कहकर दर्शन ने वेटर को आवाज दी और जब वह वापस आया तो उसको आर्डर दे दिया।

"मेरा नाम सुदर्शन है। वैसे लोग मुझे दर्शन कहते हैं। मेरी एक छोटी-सी फैक्टरी है, इतनी बड़ी नहीं जितनी आपके पति की है; लेकिन एक दिन उतनी ही बड़ी बन जाएगी। शायद उससे भी बड़ी।"

"जी।"

"और मैं कंवारा हूं।"

"मैं विवाहिता हूं।"

"मैं जानता हूं।"

"आप मुझसे क्या कहना चाहते हैं?"

"केवल एक बात।"

"क्या?"

"क्या आप खुश हैं?"

"खुश! अजीब सवाल है! फिर भी मेरा ज़वाब है कि मैं बहुत खुश हूं।" रोमा ने कहा।

"मेरा भी यही विचार था कि आप यही कहेंगी।"

"फिर आपने पूछा क्यों?"

"इसलिए कि आप खुश नहीं हैं। आपके जीवन में एक शून्य है। एक कमी है जिसे आप अनुभव करती हैं, लेकिन अपनी ज़ुबान तक नहीं ला सकतीं।"

"मेरे जीवन में शून्य और किसी वस्तु की कमी है?"

"जी हां।"

रोमा हंस दी, "क्या आप ज्योतिषी हैं?"

"पत्री नहीं देखता और न ही हाथ की लकीरें, लेकिन चेहरे अवश्य देखता हूं।"

"तो क्या देखा आपने?"

"यही कि आपके जीवन में एक शून्य है और किसी वस्तु की कमी है।"

"लेकिन मुझे तो ऐसा महसूस नहीं हआ।"

"हो भी कैसे सकता है! दुनिया की दृष्टि से देखा जाए तो आप बहुत भाग्यशालिनी हैं। आपको हर सुख प्राप्त है। सुन्दर-स्वस्थ पति है, आप एक बेटे की मां हैं। यदि आप चाहें तो दूसरे बच्चे की भी मां बन सकती हैं; लेकिन आपको अधिक बच्चे पसन्द नहीं। फिर पति की बहुत बड़ी फैक्टरी है जिसमें सौ के लगभग आदमी काम करते हैं। पर्याप्त आय है। रहने को बंगला है जिसमें दो नौकर काम करते हैं। सवारी के लिए कार है। क्लब की मेम्बर हैं। आपका अच्छा-भला सर्कल है। आपकी सहेलियां हैं। फिर भला आपको किस बात की कमी हो सकती है!"

"बिलकुल! आपने अपने प्रश्न का उत्तर स्वयं ही दे दिया।"

"यह मेरा स्वभाव है।"

"फिर आप क्या चाहते हैं?"

"कभी आपने अनुभव किया है कि जीवन बहुत संक्षिप्त है? और जवानी इससे भी संक्षिप्त? क्या यह सब कुछ पा लेना, मेरा मतलब पति, संतान, धन, कार ही जीवन है?"

"तो और किसे कहते हैं जीवन?"

"प्यार।"

रोमा हंस दी, "खूब! मेरा विचार है, जो प्यार मुझे नसीब है वह बहुत कम औरतों को नसीब होता है।"

"बिलकुल। आपका पति सदा कहता है कि वह आपको प्रेम करता है और आप भी उसके गले में बांहें डालकर कहती हैं कि आप उसे प्यार करती हैं, लेकिन यह प्यार नहीं।"

"आपकी बातें मुझे बोर कर रही हैं।"

"बिलकुल नहीं।"

"आप एक सभ्य महिला से बात करना भी नहीं जानते! आप अच्छे मैनर्ज़ भी नहीं जानते!"

"किसी हद तक।"

"क्या मतलब?"

"मैंने आज तक किसी औरत या लड़की को यह नहीं कहा कि मैं तुम्हें प्यार करता हूं।"

"फिर?"

"इसके विपरीत औरतें मुझे प्यार करती हैं।"

"वे बाज़ारू होंगी।"

'जी नहीं, आप जैसी नेक, शरीफ और भले घर की।"

"आप मुझे गाली दे रहे हैं!"

"बिलकुल नहीं।"

"यह गाली नहीं तो और क्या है? आप मेरी शराफत का मज़ाक उड़ा रहे हैं। आपको इस तरह बात करने का कोई अधिकार नहीं।"

"अभी नहीं।"

"क्या मतलब?"

"जब मैं बात पूरी कर लूंगा, और आज रात आप अपने बिस्तर पर करवटें बदलकर मेरी बातों पर ध्यान देंगी, तो आपको पता चलेगा कि मेरी बातों में कितनी सचाई है आपको पता चलेगा कि आपके जीवन में एक शून्य है। और एक कमी है जो आप अभी तक नहीं जान सकीं, लेकिन बहुत जल्दी जान जाएंगी। मगर ऐसा न हो कि जब आपको इस शून्य या कमी का आभास हो तो देर हो जाए।"

"मैं समझी नहीं, आप कहना क्या चाहते हैं! मैं कह चुकी हूं कि मेरे जीवन में किसी वस्तु की कमी नहीं।"

"आप हर शाम क्लब आती हैं?"

"जी।"

"और कुछ सहेलियों में बैठती हैं जिनमें से कुछ शराब पीती हैं और आप केवल एक दर्शक की भांति वहां बैठी बोर होती रहती हैं जबकि आपका पति आपसे लापरवाह अपनी रमी की महफिल में व्यस्त रहता है। फिर अचानक रात के किसी पहर उसे घर का ध्यान आता है। याद रहे, मैंने घर कहा है, आप नहीं। यानी आपका नहीं, घर का ध्यान उसे घर जाने पर विवश कर देता है।"

"इससे क्या अन्तर पड़ता है?"

"प्रकट में तो कुछ नहीं, लेकिन यदि आप गहराई में जाएं तो आपको आभास होगा कि वह आपकी कद्र नहीं करता।"

"यह झूठ है, बकवास है।"

"खैर, आप हठ कर रही हैं। मैं बहस नहीं करता..."

"आप नाहक मेरे पति को बुरा सिद्ध कर रहे हैं।"

"जी नहीं।"

"फिर इन बातों का मतलब क्या है?"

"केवल यह कि मैं उस शून्य और कमी को पूरा कर सकता हूं। मैं प्यार करना नहीं जानता, लेकिन कद्र करना जानता हूं। किसीकी भावनाओं को कद्र कर सकता हूं। उद्गारों का मोल समझता हूं।" दर्शन ने कहा।

"आपकी बातें मुझे बोर कर रही हैं।"

"हो सकता है—लेकिन मैं एक बात कहे बिना नहीं रह सकता।"

"वह भी कह डालिए ताकि मैं अपनी सहेलियों के पास जा सकूं।"

"मैं बोर कर रहा हूं या आपकी सहेलियां?"

"खैर, जो कुछ कहना है वह कह डालिए।"

"तो सुनिए, मैं कोई दावा नहीं करता कि मैं आपके लिए स्वर्ग बना सकता हूं, न हो मैंने किसी औरत के लिए स्वर्ग बनाया है। इसके विपरीत औरतें मुझे पसन्द करती हैं। इसलिए कि मैं किसी हद तक उजड्ड और गंवार हूं, और सेक्स के मामले में वहशी हूं। औरतों को मेरा वहशीपन पसन्द है।" दर्शन ने मुस्कराकर कहा।

"मिस्टर दर्शन! मैं नहीं जानती थी कि आप इतने गिरे हुए व्यक्ति हैं। आप एक शरीफ महिला से बात करने का ढंग भी नहीं जानते। आश्चर्य है कि आप किसकी सिफारिश पर इस क्लब के मेम्बर बन सके हैं।"

"कई औरतों की सिफारिश पर।"

"ओह! मैं नहीं जानती थी कि इस क्लब में वे लोग भी आते हैं जो कदाचित् योग्य नहीं हैं।"

"अभी आप यह कह सकती हैं, लेकिन एक दिन आप राय बदल देंगी, यह मेरा विश्वास है।"

"आप अपना विश्वास अपने पास रखें।" कहकर रोमा खड़ी हो गई। "मैं वह नहीं जो आप समझे हैं।"

"आखिर इन्सान हूं। गलती कर सकता हूं। केवल इतना कह सकता हूं कि मेरी बात गलत नहीं। हां, समय गलत हो सकता है। शायद मैंने बात समय से पहले कह दी।"

"गुड नाइट।" रोमा ने कहा और क्रोध से बिफरी हई क्लब के बड़े हॉल में चली गई।

जिस मेज़ पर से वह उठी थी वह मेज़ उसी तरह सजा हुआ था। मिसेज़ शर्मा, मिसेज़ आहूजा और मिसेज़ तिवारी बैठी बातें कर रही थीं। मिसेज़ अरोड़ा और मिसेज़ बतरा के आगे व्हिस्की के गिलास थे।

रोमा जाकर उनमें सम्मिलित हो गई।

"रोमा डियर," मिसेज़ बतरा ने कहा, "यदि मैं गलती पर नहीं हूं तो तुम इस हॉल से डान जुआन के साथ गई थीं।"

"डान जुआन!" रोमा ने आश्चर्य से कहा।

"हां, औरतों का दीवाना, जो डींगें मारता है लेकिन वास्तव में कुछ भी नहीं। बियर की झाग है, बियर की झाग!" मिसेज़ बतरा ने हंसकर कहा।

"यह तुम्हारा अनुभव है?" मिसेज़ अरोड़ा ने कहा।

सारी महफिल हंस पड़ी।

"मेरा क्या कई औरतों का अनुभव है। वह मिथ्या भ्रम का शिकार है कि उसके पौरुष की तुलना अन्य पुरुषों से नहीं की जा सकती। प्रत्येक स्त्री पर वह इसका रोब डालता है। लेकिन सत्य क्या है वह मैं कह चुकी हूं। बियर की झाग।"

"क्या तुम्हें भी शिकार किया था उसने?" मिसेज़ शर्मा ने पूछा।

"मुझे भी किया था..." मिसेज़ बतरा ने कहा।

"फिर क्या हुआ था?" मिसेज़ अरोड़ा बोली।

प्रत्येक महिला दिलचस्पी लेने लगी।

"होना क्या था, बड़े-बड़े लेक्चर दिए। उसने समझा था कि मैं व्हिस्की पीती हूं इसलिए मुझ तक पहुंचना सरल है। मैंने भी थोड़ी ढील दी। मेरे ढील देने की देर थी कि फौरन बोला..." मिसेज़ बतरा ने उत्सुकता पैदा करने के लिए चुप साध ली।

"क्या बोला?" मिसेज़ आहूजा ने उत्सुकता से पूछा।

"बोला कि मेरा सीना बालों से भरा हुआ है, और जिस मर्द की छाती पर बाल होते हैं वह सेक्स में बहुत ताकतवर होता है।"

"यह बात है!" मिसेज़ अरोड़ा बोली।

"मैंने कहा, किसी दिन परख लूंगी।" मिसेज़ बतरा नशे में थी और सच बोल रही थी।

"तो फिर परखा?" मिसेज़ आहूजा ने पूछा।

"बिलकुल। परखा ही नहीं, बल्कि सिद्ध कर दिया कि वह केवल बियर की झाग है। तब वह दुम दबाकर भागने लगा। लेकिन मैं कहां जाने देती! मैंने कहा, कहां है तुम्हारा बालों भरा सीना? तनिक पंजा तो लड़ाओ। बिचारा पंजा क्या लड़ाता, उसके तो होश उड़ गए थे। और अन्त में बोला, बोला नहीं बल्कि हाथ जोड़कर बोला, मैं अपनी हार मानता हूं।"

"वाह वाह!" मिसेज़ शर्मा बोली।

"मैंने कहा, मिस्टर दर्शन! तुमको मैं लोरी देकर सुला सकती हूं। जाओ, तुम अभी बच्चे हो।"

"फिर आया?"

"आता तो मैं उसे यूं पी जाती जैसे आधी बोतल व्हिस्की पी जाती हूं और कुछ नहीं होता।" मिसेज़ बतरा ने कहा।

"इसके बावजूद इसका नाम कई औरतों के साथ सम्बन्धित है।" मिसेज़ आहूजा ने कहा।

"वह औरतें भी तो छुईमुई हैं।" मिसेज़ बतरा ने कहा, "मुझसे तो आंख नहीं मिलाता, कन्नी कतराता है।"

"फिर भी कोई तो खास बात होगी ही उसमें।" मिसेज़ अरोड़ा ने कहा।

"तुम मिलकर देख लो।" मिसेज़ बतरा ने हसकर कहा, "लेकिन जितनी डींगें मारता है उतना वह है नहीं।"

"तो यह क्यों नहीं कहतीं कि तुम्हारे मुकाबले में कुछ नहीं?" मिसेज़ आहूजा ने हंसकर कहा।

"मैं तो उसे बच्चा समझती हूं।" मिसेज़ बतरा ने कहा।

"वह कहता था कि उसकी सिफारिश कई महिलाओं ने की थी। तब वह क्लब का मेम्बर बना था।" रोमा बोल पड़ी।

"खैर, तुम उसके झांसे में न आना, बियर की झाग है।" मिसेज़ बतरा ने झमकर कहा।

"मैं ऐसे व्यक्तियों को मुंह नहीं लगाती जिनमें शराफत की कमी हो।" रोमा ने कहा।

"खैर, इस मामले में है बहुत ढीठ। वैसे कहता था कि सेक्स के मामले में वहशी है, लेकिन एक रात न गुज़ार सका।" मिसेज़ बतरा ने कहा।

रोमा को मिसेज़ बतरा से घृणा हो गई। इतनी अश्लील बातें तो बाज़ारू औरतें भी नहीं करतीं। इसलिए उसने विवाद में और भाग न लिया।

पौने दस बजे सतीश ने आकर कहा कि घर जाने का समय हो गया है और वह कार में बैठकर कोठी के लिए रवाना हो गए।

दर्शन की बातों का रोमा पर और तो कोई प्रभाव न पड़ा, हां, उसके अन्दर एक तूफान ज़रूर पैदा हो गया। वह कार में चुपचाप बैठी थी। सतीश अपने विचारों में खोया हुआ था। उसने भी बात करने की आवश्यकता अनुभव न की।

"क्या सोच रही हो?" अचानक सतीश ने पूछा।

"कुछ नहीं।"

"फिर बात क्यों नहीं करतीं?"

"आज क्या कर आए?"

"वही पुरानी बात। एक सौ सत्रह रुपये हारा हूं।"

"आप हर रोज़ हारते हैं तो खेलना बन्द क्यों नहीं कर देते?"

"इसलिए कि समय कट जाता है।"

"समय तो और तरह से भी कट सकता है।"

"क्लब में जाओ तो केवल दो काम हो सकते हैं—एक व्हिस्की, दूसरा रमी का खेल। इसके अतिरिक्त क्लब में धरा ही क्या है!"

"मैं अपनी बात कर रही थी।"

"तुम्हें वातावरण पसन्द नहीं?"

"न तो पसन्द है और न ही नापसन्द। मैं किसीको मित्र नहीं बना सकी।"

"क्यों?"

"मैंने इन्हें समझने की चेष्टा की है। जो व्हिस्की पीती हैं उनके साथ मेरी मित्रता नहीं हो सकती। जो व्हिस्की नहीं पीती हैं वे सेक्स पर वाहियात बातें करती हैं या बोर किस्म की बातें।"

"इसका मतलब है तुम बोर होती हो!"

"नहीं, जिस दिन बोर हूंगी, मैं भी रमी खेलना शुरू कर दूंगी।" रोमा ने कहा।

"व्हिस्की के बारे में क्या विचार है?"

'वही जो एक औरत के चेहरे पर मूंछ देखकर हो सकता है।" रोमा ने उत्तर दिया।

"बहुत खूब!"

कोठी आ गई थी। राधा ने दरवाज़ा खोला।

"भूषण सो गया?" रोमा ने पूछा।

"जी, मेम साहब।"

"उसे खाना खिला दिया था?"

"जी हां।"

"तो हमारा खाना लगा दो। काफी देर हो गई है।"

"जी।" कहकर राधा चली गई।

"डार्लिंग, यदि इजाज़त दो तो मैं जल्दी से दो पैग व्हिस्की पी लूं। अधिक देर नहीं लगाऊंगा। पन्द्रह मिनट में पी लूंगा।"

"लेकिन सवा दस बज रहे हैं। खाना कब खाइएगा?"

"साढ़े दस बजे।"

"व्हिस्की पीनी थी तो क्लब में क्यों नहीं पी ली?"

"मैं व्हिस्की पीकर जुआ खेलने के पक्ष में नहीं।"

"ओह! तो मैं जाकर कपड़े बदल लूं।"

"ठीक है।"

रोमा बेडरूम में चली गई और कपड़े बदलने लगी।

सतीश ने पहला पैग एक ही बार में खाली कर डाला और दुसरा घूंट-

घूंटकर पीने लगा। पन्द्रह मिनट में उसने दूसरा पैग भी खत्म कर दिया। उसने गिलास में तीसरा पैग डाला और गिलास उठाकर डाइनिंग रूम में पहुंच गया।

रोमा उसकी प्रतीक्षा कर रही थी।

"खाना लगा दिया?" सतीश ने बैठते हुए कहा।

"जी हां। आप पैग खत्म करेंगे या खाना शुरू किया जाए?"

"खाना शुरू करो। मैं यह पैग खाने के बीच खत्म कर दूंगा।"

खाना शुरू हो गया। "आज क्लब में अजीब दुर्घटना हुई।" रोमा ने कहा।

"क्या?"

"मेरी भेंट एक व्यक्ति से हुई।"

"क्या मैं उसे नहीं जानता?"

"कह नहीं सकती। यद्यपि वह हमारे बारे में और विशेषकर आपके सम्बन्ध में सब कुछ जानता है।"

"कौन था?"

"दर्शन नाम बताया था उसने।"

"दर्शन! मेरा विचार है मैं उसे नहीं जानता।"

"उसकी भी फैक्टरी है।"

"शहर में सैकड़ों फैक्टरियां हैं, मैं सबको नहीं जानता। क्लब का नया मेम्बर होगा।"

"शायद।"

"कोई खास बात हई थी?"

"जी नहीं। मेरी प्रशंसा कर रहा था।"

"तुम प्रशंसा की पात्र हो ही।" कहकर सतीश ने गिलास खाली कर दिया और खाना जारी रखा।

"कहता था, मेरे जीवन में एक शून्य है।"

"शून्य!

किस प्रकार का शून्य?"

"यह तो उसने नहीं बताया।"

"ऐसे आदमी को मुंह न लगाओ। कुछ गलत किस्म के लोग भी क्लब के मेम्बर हैं, लेकिन वे हम लोगों में उठ-बैठ नहीं सकते। हम उन्हें मुंह नहीं लगाते।"

"हां, उसे रमी का शौक नहीं।"

"फिर मैं कैसे जान सकता हूं उसे?"

"मैं भी यही सोच रही थी।"

खाना खत्म हो गया था।

"आप कॉफी लेंगे?"

"नहीं। थोड़ा-सा सरूर आया है, इसे नष्ट नहीं करना चाहता। आज तो मैं थक गया हूं। नींद आ रही है। अब जाकर सोंऊंगा।"

"ओह!"

वे दोनों बेडरूम में चले गए।

"रोमा डार्लिंग, लाइट ऑफ कर दो।"

"क्या आपको बहुत नींद आ रही है?"

"हां।"

"क्या आज थोड़ी देर जागकर मेरे साथ बातें नहीं कर सकते? मैं आज बातें करने के मूड में हूं।"

"लेकिन किस किस्म की बातें?"

"प्यार की बातें।"

"वह तो हम वर्षों से करते आए हैं। और तुम जानती हो कि में तुम्हें कितना प्यार करता हूं! लेकिन आज तो मैं सोना चाहता हूं।" सतीश ने जम्हाई लेते हुए कहा, "गुड नाइट डार्लिंग।"

"गुड नाइट।"

थोड़ी देर में सतीश खर्राटे लेने लगा।

इधर रोमा की नींद गायब हो गई थी। वह आज शाम के बारे में सोच रही थी। आज उसका कितना जी चाहता था कि सतीश उसे प्यार करे, बांहों में समेट ले! उसे एक पराये पुरुष ने परेशान और बोर किया था। यह सिद्ध करना चाहती थी कि सतीश उसे प्यार करता है। लेकिन अब उसे एकाएक आभास हुआ कि उसकी बातों में ज़रूर कुछ सचाई थी।

क्या सतीश वास्तव में उसे प्रेम करता था? उसने अतीत को कुरेदा तो उसे अनुभव हुआ कि सतीश केवल फरमाइश करता था। उसने कभी रोमा की फरमाइश को महत्त्व नहीं दिया था। सतीश उसे केवल उस दिन प्यार करता था जिस

दिन उसे आवश्यकता होती थी। उस दिन नहीं जिस दिन रोमा को ज़रूरत होती थी।

तो क्या यही शून्य था? क्या यही कमी थी जिसकी दर्शन ने बात की थी? उसे अब तक यह कमी, यह शून्यता अनुभव न हुई थी, इसलिए कि उसे किसीने आभास न दिलाया था। और अब उसे आभास दिलाया गया था तो उसे उसकी बातों में सचाई नज़र आ रही थी।

सचमुच उसके जीवन में किसी वस्तु की कमी थी। उसके जीवन में शून्य था।

वह इस समय अकेली जाग रही थी और बिस्तर कांटों की सेज बनकर रह गया था। नींद आंखों से दूर भाग गई थी। आज उसे सतीश की कितनी ज़रूरत थी! और सतीश यह कहकर खर्राटे ले रहा था कि वह थका हुआ है।

दर्शन के शब्द उसके कानों में गूंजने लगे—'हां, भला आपको किस बात की कमी हो सकती है! सुन्दर और अमीर पति, नौकर-चाकर, कार, एक बेटा और धन, रहने को कोठी। फिर भला कमी कैसी! लेकिन मिसेज़ रोमा, आप भूल रही हैं और जब आपको आभास होगा कि आपके जीवन में कमी है, कोई शून्य है, तो शायद देर हो चुकी होगी।'

यह तो खुला आमन्त्रण था।

...'मैं कोई दावा नहीं करता, लेकिन औरतें मुझे पसन्द करती हैं। बल्कि औरतों की सिफारिश पर ही मैं क्लब का मेम्बर बना हूं। मैं सेक्स के मामले में किसी सीमा तक वहशी हूं।'..

'सेक्स में वहशत क्या होती है?' रोमा के मस्तिष्क में प्रश्न उजागर हुआ।

फिर मिसेज़ बतरा उसके मस्तिष्क में उभर आई—'ओह... वह दर्शन! कुछ भी नहीं। बियर की झाग है। केवल डींगें मारता है। उसे भ्रम है कि उसके वक्ष पर बाल हैं इसलिए सेक्स में तेज़ है। सत्य तो यह है कि वह है कुछ भी नहीं। दुम दबाकर भाग खड़ा हुआ था। बियर की झाग। मैं तो उसको यूं पी जाऊं जिस तरह व्हिस्की की आधी बोतल पी जाती हूं।'...

फिर मिसेज़ बतरा उसे मिलती ही क्यों थी? यदि वह बियर की झाग था, तो अब भी उसे याद क्यों करती है?

रोमा का यह आभास बढ़ता जा रहा था कि उसके जीवन में सचमुच एक शून्य था, एक कमी थी। और वह इस परिणाम पर पहुंची थी कि दर्शन को मिलेगी।

कम से कम आज की रात तो सतीश को ऐसा न करना चाहिए था। आज

तो उसे भ्रम रख लेना चाहिए था कि वह उसके साथ प्रेम करता है।

सतीश सो रहा था। उसके खर्राटे रोमा को गुनाह की ओर अग्रसर कर रहे थे।

अगले दिन वह क्लब में गई तो उसकी दृष्टि दर्शन को तलाश कर रही थी। लेकिन दर्शन की सूरत न दिखाई दी। इस असफलता ने उसकी उत्सुकता को और हवा दी।

दूसरा, तीसरा और चौथा दिन भी गुज़र गया। अब तो रोमा के अन्दर शोले भड़क उठे थे। यह दर्शन कहां गुम हो गया था?

पांचवें दिन उसे दर्शन दिखाई दिया। वह अपनी सहेलियों के साथ बैठी थी।

दर्शन हॉल पार कर रहा था। उसे देखते ही वह सहेलियों से सम्बोधित हुई, "मैं ज़रा बाथरूम हो आऊं।"

किसीने उत्तर न दिया। वह उठकर चल दी और इस कोण से चली कि उसका दर्शन से आमना-सामना हो जाए।

"हैलो मिसेज़ सतीश वर्मा!"

"मेरा नाम रोमा है।"

"मैं जानता हूं।"

"फिर रोमा क्यों नहीं कहते?"

"क्या मुझे यह अधिकार प्राप्त है?"

"यदि आप चाहें तो।"

"यह मेरा सौभाग्य है। क्या हम बैठकर बातें कर सकते हैं?" दर्शन ने आमंत्रण दिया।

"मैं बाथरूम जा रही हूं। वहां से बाहर लॉन में आ जाऊंगी। ठीक है?"

"मैं कोने की मेज़ पर प्रतीक्षा करूंगा।"

"अच्छा।"

दर्शन बाहर चला गया और रोमा बाथरूम। वह जानती थी कि उसकी सहेलियों ने उसे बातें करते देख लिया है। लेकिन अब एक ही रास्ता था कि वह बाथरूम से निकलकर दूसरे दरवाज़े से बाहर लॉन में चली जाए और इस ग्रुप को न मिले।

वह लॉन में पहुंची तो दर्शन एक कोने की मेज़ के करीब बैठा था, जहां आसपास कोई न था। वह जब मेज़ के निकट पहुंची तो दर्शन उठकर खड़ा हो गया।

"आइए, तशरीफ रखिए।"

"धन्यवाद।" कहकर रोमा बैठ गई।

दर्शन भी बैठ गया।

"आपके पीने के लिए क्या मंगाऊं?"

"कोई ज़रूरत नहीं।"

"यदि आज्ञा हो तो मैं एक पैग व्हिस्की पी लूं?"

"जैसा आप चाहें।"

"फिर भी आपकी आज्ञा ज़रूरी है।" दर्शन ने बैरा को आवाज़ दी और जब वह पास आया तो उसे लार्ज व्हिस्की लाने का आदेश दिया।

"हां, अब सुनाइए, आप कैसी हैं?"

"कैसी हैं? बड़ा अजीब प्रश्न है!"

"क्यों?"

"आप तो यूं कह रहे हैं जैसे मैं बीमार थी।"

"शारीरिक रूप से नहीं, लेकिन मानसिक रूप से बीमार थीं।"

"ओह! तो अब ठीक हूं।"

"यह खुशी की बात है।"

"आप कई दिनों से नज़र नहीं आए?"

"काम में व्यस्त था। फिर क्लब से मुझे अधिक दिलचस्पी नहीं। यदि कोई दिलचस्पी हो तो चला आता हूं। लेकिन आपके प्रश्न से प्रकट है कि आप मुझे तलाश करती रही हैं।"

"किसी हद तक।"

"प्रतीक्षा की हद तक। और आज आपने जैसे ही मुझे देखा, उठकर चली आईं। वैसे सच तो यह है कि आज मैं केवल आपकी खातिर क्लब आया था।"

"मेरी खातिर?"

"हां। यह जानने के लिए कि मेरी बातों का क्या प्रभाव हुआ है।"

"तो क्या विचार है?"

"मेरा विचार है, आप इस कमी को दूर करना चाहती हैं। क्या मैं गलत हूं?"

वेटर व्हिस्की ले आया था। दर्शन ने वाउचर पर हस्ताक्षर कर दिए और वेटर चला गया।

"हां, तो मैं क्या कह रहा था?"

"आपको ही याद होगा, मैं तो कुछ खोई हुई थी।"

"कहां?"

"मैं सोच रही थी, मेरी सहेलियां क्या कहेंगी? मैं उनकी मेज़ से उठ आई हूं।"

"कुछ नहीं, वह अपने जीवन में व्यस्त हैं।"

"आप मिसेज़ बतरा को जानते हैं?"

"अच्छी तरह। शराबी और..."

"और..."

"लैसबियन।"

"यह मैं नहीं जानती थी।"

"शायद आप यह भी नहीं जानतीं कि मिसेज़ बतरा और मिसेज़ अरोड़ा क्यों पक्की सहेलियां हैं?"

"जी नहीं।"

"इसलिए कि उन्हें पुरुषों से घृणा है। वे एक-दूसरे से प्रेम करती हैं।"

"ओह!" रोमा ने गहरी सांस ली।

"यह दीर्घ निःश्वास क्यों?"

"कुछ नहीं। वह आपके बारे में कुछ और ही कह रही थी।"

"मैं जानता हूं। वह मुझसे नाराज़ है। और मेरे विरुद्ध जो जी में आता है बकती रहती है, इसलिए कि मैं एक मर्द हूं और उसे मर्दों से घृणा है।"

"ऐसी बात है?"

"जी हां।"

"फिर ठीक है।"

"रोमाजी, क्या आपने मेरी बात पर ध्यान दिया?"

"दिया भी और नहीं भी।"

"यानी अभी आप फैसला नहीं कर सकीं?"

"ऐसा ही समझ लीजिए।"

"क्या मैं सहायता कर सकता हूं?"

"नहीं, मैं मानसिक रूप से तैयार नहीं हूं।"

"और शारीरिक तौर पर?"

रोमा ने उत्तर न दिया।

"रोमाजी!"

"जी।"

"इस समय सात बजे हैं और आपके पतिदेव दस बजे तक रमी खेलते हैं यानी तीन घण्टे। शहर से बीस मील दूर एक सुन्दर होटल है जो विशेष रूप से इसी काम के लिए बना है। कार में हम दोनों वहां पैंतीस-चालीस मिनट में पहुंच जाएंगे। चालीस मिनट जाने और चालीस मिनट आने में, अर्थात् एक घण्टा बीस मिनट। तीन घण्टे से एक घण्टा बीस मिनट कम हुए तो एक घण्टा चालीस मिनट बचे और ये बहुत हैं।"

"क्या आप मुझे आमंत्रित कर रहे हैं?"

"जी हां। इस विश्वास के साथ कि मैं आपको पौने दस बजे वापस ले आऊंगा। यह मेरा वायदा रहा।"

"तो मैं तैयार हूं।" कहकर रोमा जोश में खड़ी हो गई।

"स्वीट गर्ल!" कहकर दर्शन ने गिलास खाली कर दिया और वह भी खड़ा हो गया।

"आइए, मेरी कार इधर खड़ी है।"

रोमा बिना सोचे-समझे उसके साथ चल दी। वह परिणाम से अनभिज्ञ थी। वह नहीं जानती थी कि वह कितना बड़ा खतरा मोल ले रही है। वह गुनाह के रास्ते पर चल निकली थी।

वे कार में बैठ गए और कार सड़क पर दौड़ने लगी।

"रोमाजी, आप नहीं जानती हैं कि आप क्या खो रही हैं! जीवन संक्षिप्त है और इस संक्षिप्त-से जीवन में हमें क्षणों को चुनना पड़ता है। क्षण हमारे पास नहीं आते, हमें अपनी खुशियां स्वयं तलाश करनी पड़ती हैं। आपने बहुत अच्छा किया जो आप चली आईं। आप निराश न होंगी। आज की शाम सिद्ध कर देगी कि आपको किस प्रकार के प्यार की आवश्यकता है!" दर्शन ने कार चलाते हुए कहा।

"शायद।"

"शायद नहीं, आपको मेरी बातों पर विश्वास होना चाहिए। मैंने जीवन देखा है और औरतों को समझता हूं।"

"अब तो मैं भी कह सकती हूं।"

"वह कैसे?"

"इसलिए कि मैं इस समय आपके साथ हूं।"

"यह आपने ठीक कदम उठाया है।"

"वह होटल प्राइवेट है?"

"बिलकुल।"

"कैसे?"

"वहां केवल हम जैसे लोग जाते हैं—अमीर और ऊंचे वर्ग के लोग, जो यदि दूसरों को पहचान भी लें तो यही प्रकट करेंगे कि वे एक-दूसरे को जानते नहीं, बिलकुल अपरिचित हैं।"

"फिर तो ठीक है।"

"नहीं तो क्या मैं आपको घटिया जगह ले जाता? क्या मैं नहीं जानता कि आप एक शरीफ स्त्री हैं, आपकी इज़्ज़त हैं? मैं ऐसा गैर-ज़िम्मेदार नहीं जो आपकी मान-मर्यादा के साथ खेलूं।"

"क्या आप उन स्त्रियों की बातें भी करते हैं जो आपके जीवन में आती हैं?"

"नही।"

"यह तो अच्छी बात है।"

"रोमा!"

"जी।"

"एक बात पूछूं?"

"पूछिए।"

"हमने कुछ दिन हुए बात की थी। उस दिन आप मेरी बातें सुनकर चौंक पड़ी होंगी।"

"चौंक नहीं पड़ी थी, मैं आपकी दिलेरी की कायल हो गई थी। इतनी हिम्मत साधारण व्यक्ति में नहीं होती।"

"मगर इतनी जल्दी कायल कैसे हो गईं?"

"आप जानना चाहते हैं?"

"यदि तुम बताना पसन्द करो।"

"अब मैं आपके साथ चली आई हूं तो कोई राज़ राज़ नहीं रह सकता। मैं छुपाना भी चाहूं तो छुपा न सकूंगी। उस दिन आपकी बातें बेहद बोर कर रही थीं। मैं दिल ही दिल में सोच रही थी कि यह मर्द एक औरत की भावनाओं की बिलकुल

कद्र नहीं कर सकता। ऐसी अश्लील बातें तो एक वेश्या से की जाती हैं।”

“क्षमा करना-प्रत्येक स्त्री में थोड़ा-सा बाज़ारूपन अवश्य होना चाहिए। इतना जितना चांद में दाग। मैं उन औरतों की बात नहीं करता जो घर की चारदीवारी से बाहर कदम नहीं रखतीं। मैं उन औरतों की बात करता हूं जो क्लब जाती हैं, पराये पुरुषों से मिलती हैं, हंसकर बातें करती हैं और उनकी महफिल में सम्मिलित होती हैं।”

“खैर, मैं स्वयं को एक पतिता समझ रही थी। मुझे क्रोध भी आ रहा था, लेकिन क्रोध को दबा गई। परन्तु आपकी बातों ने मेरे अहं को ठोकर लगाई। आपने जब कहा कि हां, मुझे किस चीज़ की कमी है, सुन्दर, स्वस्थ और अमीर पति है, कोठी है, कार है, दौलत है, एक बेटा है, स्त्री को इसके अतिरिक्त और क्या चाहिए, उस रात मैं पति के साथ घर गई तो मेरे अन्दर की नारी कुलबुला रही थी और चीख-चीखकर कह रही थी कि आज मेरी इस अन्दर की नारी का अपमान हुआ है। किसी पुरुष ने उसके स्वाभिमान को ललकारा है। मैं चाहती थी कि मेरा पति सिद्ध करे कि वह इस नारी को बचा सकता है, इसकी रक्षा कर सकता है, इसकी रखवाली कर सकता है। और यही बातें स्त्री अपने पति से चाहती है। लेकिन उस दिन मेरा पति बहुत थका हुआ था। इतना थका हुआ कि वह मेरे किसी भी इशारे को समझ न सका। वह जान न सका कि मेरे अन्दर की नारी ने चोट खाई है। और वह उस चोट का बदला चाहती थी। मुझे बांहों के सहारे की आवश्यकता थी। मैं चाहती थी कि मेरा शरीर झंझोड दिया जाए—उसी प्रकार जैसे धुनिया रूई धनता है। लेकिन इसके बदले वह पति मिला जो खर्राटे ले रहा था और मेरी नींद गायब हो गई थी। फिर मुझे आपका ध्यान आया और मैं वे बातें याद करने लगी जो आपने कही थीं।”

“और अब तुम मेरे साथ हो! मैं इस अन्दर की स्त्री की रक्षा करूंगा। मैं उसे प्यार दूंगा। लो, फैक्टरियां खत्म हो गई हैं। अब हम दो-तीन मिनट में होटल पहुंच जाएंगे।”

“क्या वहां नाम रजिस्टर कराना होगा?”

“एक रस्मी-सी कार्रवाई।”

“क्या सच्चा नाम लिखवाओगे?”

“कभी नहीं।”

"और मुझे क्या प्रकट करोगे?"

"पत्नी।"

"लेकिन आप पहले यहां कई बार आए हैं और वे लोग आपको पहचानते होंगे। हर बार नई पत्नी को देखकर क्या सोचते होंगे?"

"वह केवल रुपये चाहते हैं। दो घण्टे या डेढ़ घंटे के लिए पचास। रुपये कमरे का किराया उनका मुंह बन्द कर सकता है।"

होटल आ गया था। वहां पहले से कई कारें खड़ी थीं।

"मैं कार में बैठी हूं, आप कमरा बुक करा लें।"

"बिलकुल नहीं। तुम मेरे साथ चलोगी।"

"नहीं। थोड़ा पर्दा रहे तो बेहतर है। अब मैं डर से कांप रही हूं।

"डर?" दर्शन हंसा, "डर कैसा?"

"जो गुनाह करते समय पैदा हो जाता है।"

"यह गुनाह नहीं, यह दोस्ती है। मुझे तुम्हारी आवश्यकता है और तुम्हें मेरी।"

"लेकिन मैं यहां ही प्रतीक्षा करूंगी।"

"बेहतर। मैं विवश नहीं करता। मैं अभी कमरा बुक करके आता हूं। केवल दो मिनट लगेंगे।"

वह चला गया और चार मिनट बाद लौट आया।

"आ जाओ।"

"कमरा मिल गया?"

"बिलकुल और मेरी पसन्द का। खिड़की से तालाब का दृश्य देखा जा सकता है।"

रोमा कार से नीचे उतर आई। दर्शन ने उसके बाज़ू में बाज़ डाल लिया।

"मुझे डर लग रहा है।" रोमा ने साथ चलते हुए धीरे से कहा।

"मेरे होते डरने की बात नहीं।"

"लेकिन..."

"घबराओ नहीं। केवल तीन मिनट में हम कमरे में होंगे।"

वे होटल में प्रविष्ट हुए। काउंटर क्लर्क और मैनेजर ने इन्हें घूरा। लेकिन रोमा ने उन्हें न देखा। वह निश्चिन्त थी कि दर्शन ने उसका बाज़ू थाम रखा था। यदि ऐसा न होता तो वह गिर सकती थी। वे ज़ीना चढ़ने लगे और फिर कमरे में प्रविष्ट हो गए।

"धन्यवाद। याद रखो रोमा, तुम्हें आज की शाम का अफसोस न होगा।"

"शायद नहीं।"

"यह घड़ी क्यों देखी?"

"आखिर हमें लौटकर जाना है।"

"तुम जाने की बात न करो। अभी तो आई हो।"

"लेकिन आपने कहा था कि हमारे पास कितना समय है!"

"और वह समय नष्ट नहीं करना चाहिए। फिज़ूल बातों में गंवाना नहीं चाहिए।' दर्शन ने हंसकर कहा और कमर की पकड़ और मज़बूत हो गई। रोमा उसके वक्ष से जा लगी।

"तुम्हारे लिए कुछ खाने का आर्डर करूं?"

"नहीं, मुझे कुछ नहीं चाहिए।"

"सैंडविच?"

"बिलकुल नहीं।"

"तो हम जिस काम के लिए आए हैं उसे पूरा कर लें। वह पलंग हमें दावत दे रहा है।"

बीस मिनट बाद वह कार में बैठे थे। कार स्टार्ट करने से पहले दर्शन ने सिगरेट सुलगाया और माचिस की रोशनी में उसका चेहरा देखा।

"रोमा!"

"जी।"

"तुम कुछ खोई हुई सी हो!"

"ऐसी बात नहीं। मैं कुछ सोच रही थी।"

"तो बताओ।"

"कार स्टार्ट कीजिए। रास्ते में बातें करेंगे।"

दर्शन ने कार स्टार्ट की और वह वीरान सड़क पर उड़ने लगी।

"नौ बजने में सात मिनट हैं। हम क्लब में नौ बीस या पच्चीस पर पहुंच जाएंगे।"

"हूं।"

"तो तुम क्या सोच रही थीं?"

"अब छुपाने से कोई लाभ नहीं।"

"क्या छुपाना चाहती हो?"

"कुछ नहीं। मुझे बात पूरी करने दीजिए।"

"सॉरी।"

"इसकी आवश्यकता नहीं। मैं सोच रही थी कि अब जब आपने मुझे प्राप्त कर लिया है और मैंने आपको..."

"तो तुम संतुष्ट हो और मेरा अनुमान गलत न था?"

"मैं स्वीकार करती हूं।"

"धन्यवाद।"

"धन्यवाद की आवश्यकता नहीं। यह परस्पर समझौता है इसलिए मैं आज की रात को अन्तिम रात नहीं बनाना चाहती।"

"मैं भी नहीं चाहूंगा।"

"इस सूरत में मैं इस शाम को एक भेंट समझती हूं। एक परिचय समझती हूं। अब यह बात कहने में मुझे तनिक भी झिझक नहीं कि आप एक पूर्ण मर्द हैं और मैं भी एक स्वस्थ स्त्री हूं।"

"पूर्ण रूप से सहयोग देने वाली स्त्री।"

"धन्यवाद। तो आज की शाम केवल एक परिचय था और अब मैं सोच रही थी कि जब आपने मुझे प्राप्त कर लिया है, अब मैं आपके बिना रह नहीं सकती।...होटल उपयुक्त स्थान नहीं। आज तो विवशता थी इसलिए मैं चली आई। लेकिन आप जानते हैं, मेरा पति एक व्यापारी है। फैक्टरी का मालिक है और उसका सर्किल ऐसे आदमियों से खाली नहीं जो पराई स्त्रियों में दिलचस्पी रखते हैं। इस परिस्थिति को सम्मुख रखकर ऐसा हो सकता है कि कोई परिचित हमें मिल जाए। मरा वैवाहिक जीवन खतरे में पड़ सकता है।"

"मैं तुम्हारे विवाह, सन्तान, मान-मर्यादा को कभी खतरे में नहीं डाल सकता।"

"तो होटल के अतिरिक्त कोई और सुरक्षित स्थान नहीं?"

"मैं फ्लैट ले सकता हूं।"

"वह और भी खतरनाक है। यह सिर्फ पांच-सात लाख की आबादी का शहर है। यहां स्कैंडल जन्म लेते हैं। फिर क्लब का जीवन गुज़ारने वाले लोगों के स्कैंडल तो पर लगाकर उड़ते हैं।"

"ठीक।"

"इस सूरत में मेरा घर सबसे सुरक्षित रहेगा।"

"और तुम्हारा पति?"

"वह बिज़नेस के सिलसिले में अक्सर शहर से बाहर जाते हैं।"

"तो मैं फोन कर सकता हूं?"

"नहीं। भगवान के लिए ऐसी गलती कभी न कीजिएगा।"

"फिर?"

"मैं ही आपको सन्देश पहुंचाऊंगी। दिन और समय तय करूंगी। मैं सिगनल दूंगी, आप कोई कदम नहीं उठाएंगे।"

"स्वीकार।"

"जहां तक मैं जानती हूं, मेरा पति बहुत जल्दी बाहर जाने वाला है।"

"मैं यह जानकर खुश हुआ। मैं सिगनल की प्रतीक्षा करूंगा।"

"अच्छा, अब आप क्लब तो जाएंगे न?"

"नहीं।"

"क्या मतलब? मुझे कहां छोड़ोगे?" रोमा ने घबराकर प्रश्न कर डाला।

"घबरा गईं?" दर्शन ने हंसकर कहा।

"कुछ-कुछ।"

"मैं क्लब तक जाऊंगा। तुम्हें गेट पर उतार दूंगा। तुम क्लब में चली जाना, मैं घर चला जाऊंगा। क्योंकि मैं अभी व्हिस्की पीना चाहता हूं और चाहता हूं कि अब क्लब में हम दोनों को कोई न देखे। हमारी इसीमें भलाई है।"

"मैं समझ गई।"

"तुम बहुत समझदार हो।"

"मेरे मुंह से बदबू तो नहीं आ रही है?"

"नहीं।" दर्शन ने उसके मुंह के पास अपना मुंह करके कहा। उसके अपने मुंह से लपटें आ रही थीं। भला उसे क्या पता चलता!

"फिर ठीक है। कार में मुझे पति के साथ अगली सीट पर बैठना होगा।"

"घबराओ नहीं, उसे पता नहीं चलेगा। और बड़ी बात नहीं कि उसने स्वयं पी रखी हो।"

"फिर पता नहीं चलेगा?"

"नहीं।"

"तो भगवान करे उन्होंने पी रखी हो।"

वह शहर की सीमा में प्रविष्ट हो गए थे। कार दौड़ती रही और बातें जारी रहीं।

"क्लब आने वाला है।"

"मैं तैयार हूं। मैंने चलने से पहले होटल के कमरे में मेकअप ठीक कर लिया था।"

"तुम बहुत समझदार हो।"

"लेकिन समझदारी से तो अब काम लेना पड़ेगा।"

"घबराओ नहीं, परिस्थिति हमारे अनुकूल है।"

क्लब आ गया था।

"तो तुम्हारी मंज़िल आ गई!"

"मंज़िल! क्लब मेरी मंज़िल नहीं।" रोमा ने कहा, "अच्छा, गुड नाइट।"

"गुड नाइट। और इस सुन्दर शाम के लिए धन्यवाद।"

"यह तो मैं करना चाहती हूं।"

वह कार से उतरकर क्लब में चली गई और दर्शन कार में वर चला गया। अब वह अकेली थी। अब उसके अन्दर गुनाह और डर उभर आया। वह डर रही थी कि उसकी चोरी पकड़ी न जाए।

वह उस कमरे में पहुंची जहां महिलाएं बैठी थीं। मिसेज़ बतरा ने पूछा, "रोमा! तुम कहां थीं?"

"मैं बाहर लॉन में थी। सिगरेट के धुएं से परेशान हो गई थी।"

"लेकिन पहले तो कभी ऐसा नहीं हुआ!" मिसेज़ बतरा ने कहा।

"क्या मतलब?" रोमा ने सहमकर पूछा।

"अरे पांव भारी होगा!" मिसेज़ अरोड़ा ने कहा, "इसलिए सिगरेट के धुएं से घृणा हो गई है।"

रोमा चुप रही। इसीमें भलाई थी। वे औरतें इसी भूल में रहें तो इसकी चोरी पकड़ी न जाएगी।

दस मिनट बाद सतीश आ गया।

"रोमा डियर, आओ घर चलें।"

रोमा की जान में जान आई। वह ठीक समय पर लौट आई थी।

"चलिए।"

वह जाकर कार में बैठ गई।

"यह क्या, आज आपने पी रखी है?" रोमा ने अपने बचाव की खातिर वार कर डाला।

"हां। दो पैग लिए थे।"

"ओह! अधिक तो नहीं?"

"नहीं, केवल दो पैग।"

रोमा ने सुख की सांस ली। अब उसकी चोरी पकड़ी न जा सकती थी। उसके स्वप्न में भी न था कि वह इस आसानी से पति की आंखों में धूल झोंक सकती है।

घर पहुंचकर खाने के बाद सतीश ने उसे दावत दी तो रोमा मन ही मन मुस्करा दी। भला उसे क्या पता चल सकता है कि वह क्या करके आई है! उसने वह दावत स्वीकार कर ली और मन ही मन मुस्करा दी। लेकिन सारा समय वह दर्शन के सम्बन्ध में ही सोचती रही। सचमुच दर्शन साधारण पुरुष न था, कम से कम सतीश से बहुत बेहतर था।

अब रोमा दर्शन के लिए तड़प रही थी। उसके अन्दर एक चिंगारी ने जन्म लिया जो अब शोलों में परिवर्तित हो रही थी। लेकिन उसने यह फैपला कर लिया था कि वह होटल में न जाएगी। होटल सुरक्षित स्थान नहीं।

कुछ दिन बाद उसकी इच्छा पूरी हो गई। सतीश कारोबार के सिलसिले में शहर से बाहर चला गया और एक सप्ताह बाद उसे लौटना था।

रोमा ने इस सुनहरी अवसर को हाथ से न जाने दिया। वह उसी शाम क्लब पहुंची और महिलाओं के ग्रुप में बैठ गई। वह आज दर्शन को आमंत्रित करने आई थी।

गुनाह सुन्दर होता है और मानव को आवश्यकता से अधिक निडर बना देता है। रोमा गुनाह के रास्ते पर चल निकली थी।

मिसेज़ बतरा और मिसेज़ अरोड़ा पहले की भांति व्हिस्की पी रही थीं। इनको देखकर उसके मस्तिष्क में दर्शन के शब्द गूंजे कि वे लैसबियन हैं। यही कारण था कि दोनों में गहरी मित्रता थी, विचारों में तालमेल था और सदा इकट्ठी रहती थीं। दूसरी औरतें इनकी बातें सुन रही थीं और मुस्करा रही थीं।

बातें क्या थीं, अश्लील लतीफे सुनाए जा रहे थे। वे लतीफे जो पुरुष भी आसानी से नहीं सुना सकते। लेकिन वे बड़े मज़े ले-लेकर सुना रही थीं।

रोमा इनकी बातों और लतीफों से बोर हो रही थी। लेकिन वह यही प्रकट कर रही थी कि इनकी बातों में दिलचस्पी ले रही है।

"रोमा! आज तुम्हारा पति नहीं दिखाई दिया!" मिसेज बतरा ने कहा।

"वह तो टूर पर गए हैं।"

"ओह! फिर तो तुम्हारी रातें बहुत वीरान होंगी?" मिसेज़ अरोड़ा ने हंसकर कहा।

"जी नहीं।"

"क्यों?"

"इसलिए कि जब मैं मायके जाती हूं, वे रातें वीरान नहीं होतीं।"

"लेकिन जवानी में पति को अधिक दूर नहीं रखना चाहिए।" मिसेज़ अरोड़ा ने कहा।

"लेकिन मैंने आपके पति को तो कभी आपके साथ नहीं देखा।" रोमा ने धीरे से कहा।

"तुम नादान हो। हमें अब पति की ज़रूरत नहीं।" मिसेज़ बतरा ने हंसकर कहा।

"पति तो मौजूद है, लेकिन समझने की बात है।" मिसेज़ आहूजा ने हंसकर कहा।

"तुम बहुत समझदार हो।" मिसेज़ अरोड़ा बोली।

"ओह!" रोमा के मुंह से निकल गया। तो दर्शन ने ठीक कहा था यह राज़ राज़ न था। क्लब की हर मेम्बर को पता था, केवल वही न जानती थी।

रोमा की आंखें दर्शन को तलाश कर रही थीं।

साढ़े आठ बज गए और दर्शन का कोई पता न था। शायद वह किसी नई औरत या लड़की के साथ उसी होटल में गया होगा। इस विचार से रोमा की भावनाओं पर ओस पड़ गई और उसके अन्दर ईर्ष्या पैदा हो गई। वह कल्पना में सोचने लगी कि वह सब कुछ हो रहा होगा जो उसके साथ हुआ था।

दर्शन दूसरी स्त्री के साथ मज़ा उड़ा रहा होगा और वह यहां उसकी प्रतीक्षा में बोर हो रही थी।

वह प्रतीक्षा से बोर हो गई तो उसने सोचा कि अब घर चली जाए। वह इस महफिल से उकता गई थी।

बातें जारी थीं।

पौने नौ बजे वह थक गई और थककर जाने के लिए उठना ही चाहती थी कि दर्शन क्लब में दाखिल होता नज़र आया। रोमा का दिल ज़ोर से धड़का। फिर उसे विचार आया कि वह इस समय उसी होटल से आ रहा होगा। इस विचार से उसके मन में घिन पैदा हुई, लेकिन इस तकरार में वह खड़ी हो गई।

उसे खड़े होती देखकर दर्शन की दृष्टि उसपर पड़ी। दर्शन रमी-रूम की ओर जाने के बजाय बाहर लॉन की ओर निकल गया।

"चल दीं रोमा?" मिसेज़ बतरा ने कहा।

"नहीं, ज़रा लॉन में जा रही हूं। खुली हवा में।"

"अवश्य जाओ। पति पास न हो तो खुली हवा की आवश्यकता पड़ती ही है।" मिसेज़ अरोड़ा ने हंसकर कहा और सारी स्त्रियां हंस पड़ीं। रोमा ने परवाह न की और चुपचाप चल दी।

दरवाज़े में खड़े होकर रोमा ने लॉन का निरीक्षण किया। दर्शन एक ओर खड़ा था जहां थोड़ा अंधेरा था। रोमा को देखकर उसने हाथ का संकेत किया। रोमा उस ओर बढ़ी।

"कहां से आ रहे हो?" रोमा ने जाते ही कहा।

"फैक्टरी से सीधा आ रहा हूं। मज़दूर हड़ताल की धमकी दे रहे थे। मैं उन्हें समझा रहा था।"

"ओह! मैं कुछ और समझी थी।"

"वह क्या?"

"कि तुम उस होटल से आ रहे हो।"

"खूब!" दर्शन ने हंसकर कहा, "यह तुमने कैसे अनुमान लगाया?"

"मैं सात बजे से प्रतीक्षा कर रही हूं।"

"तो फैक्टरी फोन कर दिया होता।"

"मैं फैक्टरी का नाम और फोन नम्बर नहीं जानती थी।"

"तो अब नोट कर लो।"

"खैर, कर लूंगी।"

"कहो, क्या खबर है?"

"खबर तो अच्छी है।"

"मैं सुनने को आतुर हूं।"

"मेरे पति टूर पर चले गए हैं।"

"जिन्दाबाद! फिर तो तुम सारी रात मेरे साथ गुज़ार सकती हो।"

"क्या मतलब?"

"हम अभी चलते हैं।"

"कहां?"

"उसी होटल में।"

"जी नहीं। मैं कह चुकी हूं कि मैं होटल में नहीं जा सकती।"

"तो मैं तुम्हारी कोठी चलता हूं।"

"इस समय?"

"हां, क्या हर्ज है?"

"घर में दो नोकर हैं और उन्हें इस समय किसी भी बहाने से बाहर नहीं भेजा जा सकता।"

"फिर..."

"कल दिन में उन्हें दो घण्टे के लिए किसी बहाने भेज दूंगी। नौकरानी बेटे को लेकर बाग में चली जाएगी। उसके जाने के बाद नौकर को मैं ऐसी चीज़ लाने के लिए इतनी दुर भेजूंगी कि दो घंटे से पहले न लौटे।"

"वह तो ठीक है, लेकिन रोमा, मैं तुम्हारे साथ पूरी रात बिताना चाहता हूं। मैं चाहता हूं तुम मेरे बाज़ुओं पर सिर रखकर आराम से सोओ।"

"अभी तो यह सम्भव नहीं। जब संभव होगा तो ऐसा ही होगा।"

"और मैं उस दिन की प्रतीक्षा करूंगा।"

"फिर तुम मेरी कोठी पर साढ़े दस बजे सुबह आ जाना।"

"मैं सवा दस बजे आ जाऊंगा। कहो तो आज रात तुम्हारी कोठी के आगे धूनी रमाकर सारी रात बिता दूं!"

"इतनी बेताबी?"

"नहीं, मैं सिद्ध करना चाहता हूं कि मैं तुम्हें कितना चाहता हूं।"

"तो साढ़े दस बजे सिद्ध करने आना।"

"अवश्य।"

"तो मैं अब चलती हूं। मैं औरतों की महफिल से उठकर आई हूं, उन्हें कहीं शक न हो जाए।"

"क्यों न हम चलकर कहीं डिनर खाएं। अभी नौ बजे हैं।" दर्शन ने घड़ी देखते हुए कहा।

"आज नहीं।"

"लेकिन हर्ज ही क्या है?"

"मैंने कहा न कि मैं किसी होटल या रेस्टोरेंट में नहीं जा सकती।"

"होटल के लिए कहा था, रेस्टोरेंट के लिए तो अब कह रही हो।"

"फिर भी मैं ऐसी जगह नहीं जा सकती।"

"क्या उस दिन का किसीको पता चला था?"

"नहीं।"

"फिर?"

"वह पहली बार था इसलिए लोगों को संदेह नहीं हुआ।"

"और तुम्हारे पति को भी?"

"उन्हें भी नहीं।"

"क्यों?"

"क्योंकि उन्होंने स्वयं पी रखी थी।"

"फिर अब क्या आपत्ति है?"

"यही कि मैं रिस्क लेना नहीं चाहती।"

"यदि तुम विवश करती हो तो मैं स्वीकार करता हूं; लेकिन यह तुम्हारा भ्रम है।"

"क्या कल दिन तक प्रतीक्षा नहीं कर सकते?"

"मैं आयु-पर्यन्त प्रतीक्षा कर सकता हूं।"

"बस तो कल ठीक साढ़े दस बजे।"

"मैं पहुंच जाऊंगा।"

"अब मैं लेडीज़ के पास जाती हूं। वे सोच रही होंगी कि मैं कहां गायब हो गई!"

"बेहतर।"

"आज अच्छे स्वप्न लेना।"

"आज तो सपनों में केवल तुम होगी, और किसीको जगह नहीं।" दर्शन ने हंसकर कहा।

"मैं जानती हूं।" कहकर रोमा चल दी।

"वह औरतों के पास पहुंची और खाली कुर्सी पर बैठ गई। वे अपनी बातों में व्यस्त थीं। कोई खास विषय था इसलिए किसीने रोमा से पूछताछ न की।

उस रात रोमा को बड़े डरावने स्वप्न आए, जैसे, वह दर्शन के साथ थी और उसका पति सतीश लौट आया था। उसने उन्हें रंगे हाथों पकड़ लिया था और रिवाल्वर निकाल लिया था। रोमा कांप उठी। स्वप्न का प्रभाव इतना गहरा था कि वह देर तक दिल को काबू में न ला सकी।

उसने सोने की चेष्टा की, लेकिन नींद दूर भाग चुकी थी और जब थोड़ी नींद आने लगी तो फिर वही डरावने स्वप्न उसे परेशान करने लगे।

अगले दिन उसने नौकर को ऐसी जगह भेजा जहां से वह चार घण्टे से पहले न आ सकता था। नौकरानी मुन्ने को लेकर बाग में चली गई।

अब फिर उसके अन्दर भय पैदा हो गया। वह डरने लगी कि कहीं वह पकड़ी न जाए।

दर्शन ठीक साढ़े दस बजे आ धमका।

"यह क्या?" उसने उसे देखते हुए कहा।

"क्या?" रोमा ने उसे नींद-भरी आंखों से देखा।

"रात रोती रही हो या सो नहीं सकीं?"

"सच तो यह है कि नींद नहीं आई।"

"आज की प्रतीक्षा में?"

"नहीं।"

"फिर?"

"डरावने स्वप्न परेशान करते रहे।"

"डरावने स्वप्न? और तुम डर गईं, और सारी रात सो न सकी..." दर्शन ने पूछा और बाहुपाश में कस लिया।

"किसी हद तक।"

"क्या स्वप्न था?"

"मेरा पति लौट आया है और उसने हमें इस दशा में पकड़ लिया है।"

"वह लौट नहीं सकता और तुम नाहक परेशान होती रहीं।"

"हूं।"

"क्या अब भी डर रही हो?"

"नहीं।"

"क्यों?"

"अब तो दिन का उजाला है। डर रात के अंधेरे से लगता है। फिर तुम मेरे पास हो।"

"तो तुम्हें मुझपर पूरा भरोसा है?"

"पूरा।"

"बस तो चिंता न करो। आओ हम जीवन की रंगीनियों में डूब जाएं और इन स्वप्नों को भुला दें जो हमारी रातों की नींद हराम करते हैं। वैसे मैंने कल ठीक कहा था।"

"क्या?"

"कि मैं सारी रात तुम्हारे साथ बिताना चाहता हूं। उस सूरत में स्वप्न तुम्हें कभी परेशान न करेंगे।"

"लेकिन ऐसा कभी संभव नहीं।"

"मैं जानता हूं और मैं इस प्रतीक्षा में हूं कि ऐसा कब संभव हो सकेगा।"

"देखो!" कहकर रोमा ने गहरी सांस ली।

"नौकर लौटेंगे तो नहीं?"

"नहीं। यदि लौटें तो मैंने बड़ा दरवाज़ा बन्द कर दिया है। वह कॉलबेल देंगे और हमें संभलने का अवसर मिल जाएगा।"

"तुम बहुत समझदार हो।"

"लेकिन इस समय मेरी समझ के होश उड़ रहे हैं।"

"मैं जानता हूं और इसका इलाज भी जानता हूं। और इलाज शुरू हो गया है।"

वे दोनों थक गए थे और साथ-साथ लेटे हुए थे।

"तुम चुप-चुप क्यों हो?"

"तुम भी तो चुप हो।"

"मैं सोच रहा था।"

"क्या?"

"पहले तुम बताओ, तुम क्या सोच रही थीं?"

"यही कि एक दिन स्वप्न सच न हो जाए!"

"वह दिन कभी न आएगा।"

"भगवान करे!" रोमा ने गहरी सांस ली, "और तुम क्या सोच रहे थे?"

"मैं सोच रहा था हम एक-दूसरे के लिए पैदा हुए हैं, लेकिन एक न हो सके।"

"क्या इस तरह ठीक नहीं?"

"है भी और नहीं भी।"

"नहीं क्यों?"

"हमें समय और अवसर की प्रतीक्षा करनी पड़ती है।"

"इसमें भी आनन्द है।"

"वह तो है, लेकिन मैं इसे एक दीवार समझता हूं और सोच रहा हूं कि इस दीवार को किसी तरह तोड़ दूं।"

"यह दीवार किस तरह टूट सकती है?"

"केवल एक तरीके से।"

"वह क्या?"

"सतीश हमें इस दशा में देख ले।"

"फिर तो मेरी मौत हो जाएगी।"

"नहीं, मैं तुम्हें मरने न दूंगा बल्कि मैं तुम्हें जीवन दूंगा। वह जीवन जो तुम्हें मिला ही नहीं।"

"वह किस तरह?"

"यदि वह देख ले तो निश्चित बात है कि वह तुम्हें तलाक दे देगा और मैं तुमसे विवाह कर लूंगा।"

"तुम ऐसा चाहते हो?"

"बिलकुल।"

"और दूसरी औरतें?"

"वे सब बेकार थीं। सही औरत मुझे अब मिली है और मैं तलाश करता रहा हूं। मुझे विश्वास था कि कभी न कभी वह मिलेगी और अब मिल गई है।"

"सच!"

"हां रोमा, तुम वही हो जिसकी मैं तलाश में था और अब अनुभव करता हूं कि तुम्हारे बिना मेरा जीवन बेकार है।"

"यह क्या?"

"क्या?"

"तुम फिर मेरी आवश्यकता अनुभव कर रहे हो!"

"हां, मैंने कहा था न कि मैं साधारण आदमी नहीं हूं।"

"अब तो मैं भी देख रही हूं।"

बातें बन्द हो गईं और हाथ काम करने लगे।

"बारह बज गए हैं।" रोमा ने घड़ी देखकर कहा।

"अर्थात् मेरे जाने का समय हो गया है?"

"हां।"

"और यदि न जाऊं?"

"नहीं, ऐसा न कहो। हमें अभी इसी तरह गुज़ारा करना है।"

"लेकिन मन नहीं मानता।"

"उसे तसल्ली दो।"

"किस तरह?"

"यह सोचकर कि हम फिर जल्दी मिलेंगे।"

"यदि ऐसा न सोच सका तो?"

"तो मेरी बात मान लो। अब जाओ। कपड़े पहन लो।" कहकर रोमा पलंग से उठ गई।

"तुम मुझे निकाल रही हो!"

"नहीं, यह स्थिति का तकाज़ा है।"

"स्थिति? स्थिति हमारे पक्ष में कहां होगी?" कहकर दर्शन भी पलंग से नीचे उतर आया।

"कपड़े पहन लो।"

"पहनता हूं। तुम तो धक्के देकर निकाल रही हो!"

"मैं विवश हूं।"

"अच्छा फिर कब भेंट होगी?"

"मैं क्लब में बताऊंगी।"

"कब?"

"जिस दिन अवसर समझूंगी।"

"हूं।" वह कपड़े पहनकर तैयार हो गया था, "तो अब जाऊं?"

"हां।"

"कहती हो तो चला जाता हूं।"

"उदास न हो, हम फिर मिलेंगे और जल्दी ही।"

"अच्छा," दर्शन ने गहरी सांस ली, "अच्छा एक चुम्बन दो।" रोमा उसकी बांहों में सिमट गई। फिर दर्शन चला गया।

और आज वह तीसरी बार आया था और रोमा की चोरी पकड़ी गई थी। सतीश उसे छोड़कर न मालूम कहां गया था। मेज़ पर रिवाल्वर पड़ा था।

अब क्या होगा?

दर्शन जिस कायरता से उसे छोड़कर भाग गया था, अब वह दर्शन से आशा न रखती थी कि यदि सतीश ने उसे तलाक दे दिया तो वह उसके साथ विवाह करेगी।

उसके भाई अमीर थे और पहुंच वाले थे। वह सरकारी अफसर थे। लेकिन उन्हें जाकर वह क्या बताएगी कि वह कुलटा और आवारा है? वह क्या मुंह लेकर उनके पास जाएगी कि उसकी मदद की जाए?

अब सतीश उसे धमकी देकर गया था कि उसे तलाक दे देगा और फिर भूषण को उससे छीन लेगा। लेकिन उसने अभिनय न किया था। यह सत्य था कि वह भूषण के बिना जीवित न रह सकती थी। यदि सतीश उसे तलाक दे दे और उसे अपनी शेष ज़िन्दगी नौकरी करके बितानी पड़े, तो वह ऐसा भी कर सकती थी, लेकिन ऐसा करते हुए उसे भूषण की आवश्यकता थी। भूषण उसके भविष्य और बुढ़ापे का सहारा होगा। वह उसे न छोड़ सकती थी।

क्या वह आत्महत्या कर ले?

लेकिन आत्महत्या तो वे करते हैं जिनको लाज अपनी जान से अधिक प्यारी होती है। वे औरतें आत्महत्या नहीं कर सकती हैं जो लाज लुटाती हैं और इज़्ज़त से खेलती हैं। वह आत्महत्या न कर सकती थी। मेज़ पर पड़ा रिवाल्वर उसका मुंह चिढ़ा रहा था। वह कुर्सी से उठी और उसने रिवाल्वर उठा लिया।

वह कुछ देर रिवाल्वर को देखती रही। फिर उसने रिवाल्वर खोला और

उसमें से गोलियां निकाल दीं। फिर उसे मेज़ की दराज में रख दिया। जैसे ऐसा करने से अब वह सुरक्षित हो गई थी और सतीश उसपर गोली न चला सकता था।

वह थके कदमों से अपने बेडरूम में चली गई और सतीश की प्रतीक्षा करने लगी।

दिन ढल गया। शाम उतर आई और सतीश न लौटा। उसके दिल में शंका पैदा होने लगी। कहीं सतीश उसे छोड़कर तो नहीं चला गया?

सतीश गंभीर और गहरा इन्सान था। उसे जब पता चल गया कि उसके बेडरूम में एक पराया पुरुष है, तो वह बेडरूम में न आया बल्कि नीचे चला गया—यह कहकर कि वह लाइब्रेरी में उसकी प्रतीक्षा करेगा।

अब उसके मस्तिष्क में केवल एक प्रश्न था कि सतीश उसके साथ क्या करता है? कहीं ऐसा तो नहीं कि वह उसके भाई के पास गया हो और उसे बता रहा हो कि उसकी बहिन कुलटा और पतिता है और रंगे हाथों पकड़ी गई है! यदि सतीश ने ऐसा कहा तो भाई उसके विरुद्ध हो जाएंगे। वह कभी उसकी सहायता न करेंगे, बल्कि वह सतीश की सहायता करेंगे और अपनी इज़्ज़त की खातिर कह देंगे कि वह रोमा को तलाक दे दे।

सतीश लौट क्यों नहीं आता? कम से कम आकर यह तो बता दे कि उसने क्या फैसला किया है! भूषण स्कूल से आ गया था और नीचे राधा के साथ खेल रहा था।

राधा कितनी समझदार दासी है! वह परिस्थिति को संभाल रही होगी। वह जानती है, इस समय बेटे को मां से नहीं मिलना चाहिए।

लेकिन उसके मन में ममता जाग उठी। यदि सतीश ने उसे तीन कपड़ों में घर से निकाल दिया तो वह कहां जाएगी? क्या वह भूषण से भी जुदा कर दी जाएगी? वह भूषण से जी भरकर प्यार करना चाहती थी। वह उठकर बेडरूम से बाहर आई तो उसे पता चला कि रात काफी उतर आई थी।

"राधा!" उसने आवाज़ दी।

तीसरी बार पुकारने पर राधा की आवाज़ आई, "जी मेम साहब।"

"भूषण कहां है?"

"जी, नौ बजने वाले हैं, वह खाना खाकर सो गया है।"

"उसे मेरे पास ले आओ।"

"जी।"

थोड़ी देर में राधा भूषण को ले आई। वह सो रहा था, लेकिन राधा से लेकर उसने उसे सीने से लगा लिया।

"मेम साहब, आज बहुत बुरा हुआ।"

"हां।"

"मैंने साहब से कहा भी कि मेम साहब घर पर नहीं, लेकिन उसी समय आपने आवाज़ दी कि दो गिलास जूस ले आओ। बस फिर क्या था, चोरी पकड़ी गई! साहब मुझपर बरस पड़े। मुझे बहुत गालियां दीं। कोई बात नहीं, सब ठीक हो जाएगा।"

"लेकिन साहब दुपहर से गए हैं और अब तक नहीं लौटे।"

"आ जाएंगे।"

"अब आपका क्या होगा?"

"देखो।"

राधा चुप रही।

"अच्छा, अब तुम जाओ। लो घण्टी बज गई। शायद साहब आ गए। उन्हें कह देना कि मैं यहां हूं।"

"अच्छा," कहकर राधा चली गई।

रोमा ने बेडरूम का दरवाज़ा बन्द कर लिया। अब उसके भाग्य का फैसला होने वाला था।

वह प्रतीक्षा करती रही। लेकिन सतीश उसके कमरे में न आया। उसे भूख सता रही थी, लेकिन वह इस तरह खाना न खाना चाहती थी। वह राधा को भी बुलाकर पूछ न सकती थी। वह केवल प्रतीक्षा कर सकती थी और यह प्रतीक्षा उसे परेशान बना रही थी।

आखिर सतीश अकेला क्या कर रहा था? वह क्या करके आया था और अब उसके साथ क्या करना चाहता था? ये प्रश्न उसे परेशान कर रहे थे।

भूषण बेफिक्री की नींद सो रहा था। उसने उसे देखा। ममता जागी तो उसे चूम लिया।

वह फिर प्रतीक्षा करने लगी।

दरवाज़े पर आहट ने उसे चौंका दिया।

"कौन?"

"मैं भीतर आ सकता हूं?" सतीश की आवाज़ आई।

"ओह! आप! आइए।" कहकर उसने साड़ी का पल्लू ठीक किया और संभलकर बैठ गई।

तो नौबत यहां तक पहुंच गई थी! यह तो आरम्भ था कि सतीश उसके कमरे में आने के लिए इजाज़त मांग रहा था!

सतीश भीतर आया तो उसकी आंखों से उसने अनुमान लगा लिया कि उसने पी रखी थी।

"मैं बैठ सकता हूं?"

"क्यों नहीं! यह आपका घर है।"

"कभी था, अब नहीं।"

रोमा चुप रही।

सतीश ने ड्रेसिंग टेबल का स्टूल उठा लिया और उसपर बैठ गया। "भूषण सो गया?"

"जी।"

"अच्छा है। मैं नहीं चाहता था कि वह हमारी बातें सुने। यद्यपि बच्चा है, लेकिन कुछ बातें बच्चों को याद रह जाती हैं—जब वे बड़े होते हैं।"

रोमा ने उत्तर न दिया।

"मैं वकील से मिला था और तुम्हारे भाई से भी।" सतीश ने कहा।

तो भाई को सब कुछ बता दिया! रोमा ने सोचा कि निश्चित बात है भाई इसका पक्ष लेगा, मुझ जैसी औरत का नहीं।

रोमा सिर झुकाए बैठी थी। वह सुनना चाहती थी कि सतीश ने क्या फैसला किया है।

"तुम चुप हो?"

"मैं सुन रही हूं।"

"तुम्हारे भाई को मैंने सब कुछ बता दिया। उसने केवल एक बात कही।"

रोमा ने सिर उठाकर देखा।

"तलाक दे दो।"

रोमा ने सिर झुका लिया।

"फिर मैं वकील से मिला। उसने कहा कि तलाक मिलना मुश्किल नहीं। घर के नौकरों की गवाही काफी है। लेकिन..."

"लेकिन?"

"हां। लेकिन उसने कहा कि इस तरह बदनामी बहुत होगी।" सतीश ने कहा।

रोमा ने मन ही मन कहा, 'तो तुम बदनामी से डर गए!' और शांति का सांस लिया।

"वकील ने कहा कि अपयश और बदनामी केवल तुम्हारी न होगी बल्कि मेरी भी होगी। मैं इस बदनामी को दूसरे विवाह से धो डालूंगा, लेकिन तुम न धो सकोगी।"

रोमा चुप रही। उसको बोलने की आवश्यकता ही न पड़ रही थी। परिस्थिति उसके अनुकूल जा रही थी।

"तुम्हारा क्या विचार है?"

"किसके बारे में?"

"अपयश और बदनामी के बारे में।"

"मैंने तो दिन में ही कहा था कि आप दूसरा विवाह करके मुझे दंड दे सकते हैं।"

"दूसरा विवाह तुम्हारे लिए दण्ड होगा?"

"जी।"

"तो तुम चाहती हो कि तुम्हें दंड मिले?"

"मुझसे भूल हुई है।"

"तुम इसे भूल कहती हो?"

"गलती सही।"

"गलती सही! किस गर्व से अपने गुनाह को गलती और भूल कह रही हो! लेकिन गुनाह कहने को तैयार नहीं?"

"गुनाह हुआ।"

"अब कहने से क्या लाभ! यह तुम्हारे दिल की बात नहीं, यह तुम विवशतावश कह रही हो।"

"जी नहीं।"

"खैर, तुमने क्या सोचा है?"

रोमा इस प्रश्न के लिए तैयार न थी। वह चौंककर बोली, "मैंने?"

"हां, तुमने?"

"मैं अपनी गलती पर लज्जित हूं।"

"और..."

"खैर, मैंने फैसला कर लिया है।" कहकर सतीश खड़ा हो गया।

रोमा ने उसे देखा।

"मैं तुम्हें तलाक नहीं दे रहा हूं।"

रोमा ने सिर झुका लिया, यद्यपि वह धन्यवाद कहना चाहती थी।

"लेकिन मैं तुम्हें सज़ा दूंगा, ऐसी सज़ा जो आज तक किसी स्वाभिमानी पुरुष ने अपनी पत्नी को न दी होगी।"

रोमा सज़ा सुनने को आतुर थी।

"तुम इस घर में रहोगी। भूषण तुम्हारा होगा। लेकिन मैं तुम्हारा न हूंगा। हम अलग-अलग कमरों में सोएंगे। तुम मेरे साथ कहीं बाहर न जाओगी। घर के खर्च मैं चलाऊंगा। मैं तुमसे नौकर भी न छीनूंगा, लेकिन तुम्हें हर मास केवल सौ रुपये दूंगा जिसे तुम जहां चाहो खर्च कर सकती हो।"

यह क्या सज़ा थी? रोमा ने सोचा, कहीं सतीश उसके साथ मज़ाक तो नहीं कर रहा! यह तो कोई सज़ा न हुई।

साथ न रहेगा, अलग कमरे में सोएगा—आखिर कब तक? दो मास, चार मास! और जब समय इस घाव का मरहम बन जाएगा तो उसे स्वयं ही अपना लेगा। वह फिर एक कमरे में सोने लगेंगे। वह उस दिन की प्रतीक्षा कर सकती है। अभी उसकी उम्र ही क्या है! वह कब तक उसकी जवानी और सुन्दरता को ठुकरा सकता था। रही बाहर जाने की बात, सो इस घटना के बाद वह स्वयं क्लब जाना न चाहती थी। यह पाबंदी कोई पाबंदी न थी। वह क्लब न जाएगी, किसी पार्टी में न जाएगी, लेकिन कब तक? दो मास, चार मास। फिर स्थिति स्वयं ही सुधर जाएगी। भूषण उसका रहेगा। यह मकान उसका होगा। नौकर घर में काम करेंगे। उसे सौ रुपया मासिक मिलेगा। यह उसके लिए बहुत था। उसके पास इतने कपड़े थे कि उसे पांच वर्ष नये कपड़ों की आवश्यकता न थी। उसके पास इतने गहने थे कि उसे नये गहनों की आवश्यकता न थी। भला यह भी कोई सज़ा थी! ऐसी सज़ा तो वह हर समय भुगतने को तैयार थी।

"बस यही तुम्हारी सज़ा है। तुम्हें कुछ कहना है?"

"जी नहीं।"

"तो बस, फिर ठीक है। आज से मैं दूसरे बेडरूम में सोया करूंगा और तुम सुबह नाश्ते पर और शाम के खाने पर मेरे साथ न खाओगी।"

"जी।"

"और अब तुम अपने प्रेमी के बारे में सोचो और आराम की नींद सो जाओ।" कहकर सतीश कमरे से निकल गया।

'आराम की नींद!' रोमा बड़बड़ाई। इस सज़ा के पाने के बाद तो उसे आराम की नींद ही आएगी। उसने सोए हुए भूषण को चूमा और गहरा निःश्वास लिया। हलकी-सी मुस्कराई और राधा को खाने के लिए कहने चली गई।

रोमा ने वही किया जो सतीश ने कहा था। वह सुबह खाने की मेज़ पर नाश्ता न करती, बल्कि अपने कमरे में मंगा लेती। दोपहर को किसी न किसी सहेली को बुला लेती और उसके साथ लंच खाती। रात को वह आठ बजे खा लेती। भूषण के साथ। क्योंकि सतीश क्लब से दस बजे लौटता था। जब वह क्लब से आता तो वह अपने बेडरूम में होती और इनका आमना-सामना न होता।

पहली तारीख को राधा ने आकर उसे लिफाफा दिया।

"यह क्या?"

"साहब ने दिया है।"

रोमा ने खोलकर देखा। उसमें सौ रुपये का नोट था। रोमा मुस्करा दी। तो यह उसका जेबखर्च था? सतीश उस दिन नशे में न था। उसे सब याद था जो कुछ उसने कहा था। लेकिन यह कब तक चल सकता था? एक-दो मास और। और इसके बाद सतीश हिम्मत हार देगा और उसके बाजुओं में होगा।

रोमा इस सज़ा को केवल एक मज़ाक समझे हुए थी और मन ही मन हंस रही थी। भला ऐसा पति किसी कुलटा स्त्री को मिल सकता है! नौकर, कोठी, कपड़ा, गहना और हर मास जेबखर्च! यह भला कोई सज़ा थी!

इस बात को साढ़े चार मास गुज़र गए। हर मास उसे जेबखर्च मिल जाता लेकिन इसके अतिरिक्त सतीश का उससे यदि भूले से सामना हो भी जाता तो वह नज़रें झुकाकर निकल जाता।

लेकिन साढ़े चार मास बाद उसे आभास हुआ कि जिस सज़ा को वह केवल मज़ाक समझती थी वह सज़ा तो जानलेवा भी हो सकती है।

उसके मस्तिष्क पर तीव्र आघात हुआ।

क्या सतीश सचमुच उसे सजा दे रहा था? यदि ऐसा था तो यह सज़ा बहुत खतरनाक थी। इस तरह वह उसकी जवानी बरबाद कर रहा था।

लेकिन आशा की रोशनी अब भी कायम थी। उसका विचार था कि सतीश इस मज़ाक को बन्द कर देगा।

और वह इस आशा की रोशनी के सहारे अपनी लम्बी सुनसान और वीरान रातें गुज़ारती रही। यहां तक कि चार मास, आठ मास, बन गए। आठ मास एक साल में बदल गए। एक वर्ष दो वर्ष बने और दो वर्ष पांच वर्ष बन गए।

पांच वर्ष।

सतीश के व्यवहार और सज़ा में कोई परिवर्तन न आया। रोमा का जीवन अजीर्ण बन गया। उसकी रातें इतनी वीरान और सुनसान हो गईं कि वह रातों को घबराकर उठ बैठती; और पांच वर्ष बाद उसकी यह दशा हो गई थी कि अंधेरे कमरे में सो न सकती थी। वह सारी रात कमरे में रोशनी रखती और रोशनी में ही सोती।

उनतीस वर्ष से वह चौंतीस वर्ष की हो गई। पांच वर्ष और वह भी जवानी के! जबकि वह दो-तीन बच्चों को जन्म देना चाहती थी। उसके पति ने उसके शरीर को हाथ न लगाने की सौगन्ध खा रखी थी और पांच वर्ष में उसने सिद्ध कर दिया था कि वह अपने फैसले पर अटल है।

अब उसे पता चला कि यह सज़ा कितनी खतरनाक थी। वह जीते-जी मर गई थी। इससे तो बेहतर था कि सतीश उसे तलाक दे दे। कहीं सतीश ने ऐसा तो नहीं सोचा था कि जब वह चालीस वर्ष की हो जाएगी और दुनिया में कोई उसकी ओर आंख उठाकर न देखेगा तो वह उसे तलाक दे देगा? उस दशा में तो वह कहीं की भी न रहेगी।

इन पांच वर्षों में हर मास उसे जो सौ रुपये मासिक मिलता रहा, वह उसी तरह बैंक में जमा होता रहा।

वह जीवित थी लेकिन जीवित न थी। उसकी ज़िन्दगी उसकी ज़िन्दगी न थी। वह तो मुर्दों से भी गई-गुज़री थी। यह कैसा जीना था! इससे तो मौत बेहतर थी।

उसने फैसला कर लिया कि वह आज शाम सतीश से इस विषय पर बात करेगी और कोई निर्णयात्मक नतीजा निकालेगी। इस तरह कब तक जीवन गुज़ारा जा सकता था।

उस रात सतीश जब दस बजे क्लब से लौटा उसने पी रखी थी। वह अपने बेडरूम में कपड़े बदल रहा था कि रोमा ने आहट की।

"कौन?"

"मैं हूं।" कहकर रोमा दरवाज़े के अन्दर आ गई।

"तुम! तुम इस समय यहां क्या लेने आई हो?"

"मैं कुछ बातें करना चाहती हूं।"

"और मैं थका हुआ हूं।"

"क्या मुझे अन्दर आने की भी आज्ञा नहीं?"

"आ सकती हो। लेकिन मैं खाना खाकर सोने जा रहा हूं। तुम्हें जो कुछ कहना है दो मिनट में कह डालो।"

"मेरी बात दो मिनट की नहीं।"

"तो कल दिन में करना।"

"मैं कल दिन तक प्रतीक्षा नहीं कर सकती।"

"क्यों?"

"मैं पांच वर्ष से प्रतीक्षा कर रही हूं।"

"ओह!" तो तुम शिकायत करने आई हो!"

"नहीं, केवल बातें करने।"

"और मैं न करना चाहूं तो?"

"लेकिन आपको मेरी बातें सुननी पड़ेंगी।"

"यह धमकी है?"

"नहीं।"

"फिर?"

"एक दुखी दिल की फरियाद है।"

"दुखी दिल कौन?"

"मैं।"

"खूब! तो तुम दुखी इन्सान हो! एक पति रखने वाली, एक यार रखने वाली। भला ऐसी औरत दुखी हो सकती है?"

"साहब!" राधा की आवाज़ आई।

"हां, राधा।'

"साहब, आपका खाना लगा दिया है।"

"मैं आता हूं।" सतीश ने कहा।

"नहीं, मैं आपका खाना यहां ले आती हूं।" रोमा ने कहा।

"क्यों?"

"मैं बातें करना चाहती हूं।"

"लेकिन मैं कह चुका हूं कि मैं बातें करने के मूड में नहीं।"

"यह बहुत ज़रूरी बात है।"

"कल तक प्रतीक्षा कर सकती हो?"

"नहीं।"

"तुम मुझे बोर कर रही हो।"

"क्या मुझे इतना भी अधिकार नहीं?"

"अधिकार! तो तुम अधिकार जताने आई हो?"

"आखिर मैं आपकी पत्नी हूं।"

"यह तुम बेहतर समझ सकती हो कि मेरी कहां तक पत्नी हो!"

"मैं इसी सिलसिले में बात करना चाहती हूं। अच्छा, मैं आपका खाना ले आती हूं।"

"राधा ले आएगी।"

"तो मैं राधा को कह देती हूं।"

"यदि तुम बातें करने के मूड में हो तो मैं व्हिस्की पीना पसन्द करूंगा।" सतीश ने कहा।

"आप पी सकते हैं। व्हिस्की मेरी बातों में बाधा न डालेगी।" कहकर वह कमरे से निकल गई और दो मिनट बाद लौट आई।

"राधा खाना ला रही है।"

"लेकिन अब मैं व्हिस्की पी रहा हूं।" सतीश ने वार्ड रोब से व्हिस्की की बोतल निकाली। मेज़ से उसने गिलास उठाया और व्हिस्की डालकर पानी मिलाया।

"हां, अब कहो।"

"कहने को तो बहुत कुछ है, लेकिन मैं केवल एक बात पूछना चाहती हूं।"

"अवश्य पूछो।"

"क्या मेरी आशा बेकार है?"

"आशा! कैसी आशा?"

"आज पांच वष होने को आए हैं कि हम एक मकान में रहते हुए भी अपरिचित हैं और मैं हूं कि आशा लगाए बैठी हूं; और आज ज़ुबान खोलने पर पर विवश हो गई हूं।"

"क्यों?"

"इसलिए कि मैं हाड़-मांस की नारी हूं।"

"मैं भी जानता हूं।"

"लेकिन आपने आंखें मूंद रखी हैं। आप नहीं जानते, मेरी रातें तपता रेगिस्तान बनकर रह गई हैं। मैं करवटें बदल-बदलकर सारी रात बिताती हूं।"

"इसमें मेरा क्या दोष है?"

"दोष आपका नहीं, मेरा है। लेकिन मैं यह जानना चाहती हूं कि कानून की दृष्टि में हर जुर्म की अलग-अलग सज़ा है। किसीकी छः मास, किसीकी एक वर्ष, किसीकी दो वर्ष। इसी प्रकार पांच वर्ष, दस वर्ष।"

"रुक क्यों गईं? उम्रकैद भी तो होती है।"

"तो आपने मुझे उम्रकैद की सज़ा दी थी!"

"और यह सज़ा तुमने स्वीकार की थी।"

"ठीक है। लेकिन मैं समझी थी कि एक-दो मास में आपका क्रोध शान्त हो जाएगा। लेकिन एक-दो मास पांच वर्ष बन गए हैं और मैं हूं कि आशा का दामन नहीं छोड़ सकी। यह पांच वर्ष की सज़ा क्या कम है?"

"साहब, खाना लाई हूं।" राधा ने बाहर से कहा।

"ले आओ।" रोमा ने आज्ञा दी।

राधा खाना रखकर चली गई। फिर लौट आई। "मेम साहब, आपका खाना?"

"मुझे भूख नहीं।" रोमा ने कहा।

"जी।" कहकर वह कमरे से निकल गई।

"तो मैं कह रही थी कि मेरी आशा निरर्थक है?"

"और मैंने कहा था कि तुम बेहतर जानती हो।"

"मुझसे एक चूक हुई, गलती हुई।"

"गुनाह कहो।"

"गुनाह ही सही।"

केवल पति की नहीं। इसके बावजूद उनके पतियों ने उन औरतों पर ऐसा अन्याय नहीं किया।"

"मैं निर्लज्ज मर्द नहीं! और फिर तुमने उस दिन कहा था कि मैं दूसरा विवाह कर सकता हूं।"

"तो आप शौक से कर लीजिए।"

"समझ लो कि मैंने कर लिया है।"

"तो मेरा अधिकार मुझे दीजिए।"

"तुम्हारा अधिकार खत्म हो चुका है।"

"और मुझे इसी तरह जीवन गुज़ारना पड़ेगा?"

"शायद।"

"शायद का मतलब?...मैंने गलती की और उसकी सज़ा भुगत ली। पांच वर्ष की सज़ा कम नहीं। मैं हथियार डालती हूं। मिन्नत करती हूं। हाथ जोड़ती हूं। मुझे इस तरह बरबाद न कीजिए।" कहकर रोमा बड़े ज़ोर से रोने लगी।

"इस सावन-भादों का मुझपर कोई प्रभाव न होगा।"

"तो आप भी मेरी तरह जीवन गुज़ारकर देखें।"

"लेकिन क्यों? मैंने कौन-सा गुनाह किया है?"

"यदि मैंने किया है तो मैंने सिद्ध कर दिया है कि वह केवल भूल थी। एक गलत कदम था। क्या पांच वर्ष की तपस्या इस बात का प्रमाण नहीं—और मेरे गुनाह का प्रायश्चित्त नहीं?"

"नहीं।"

"तो आप किसी तरह भी मुझे क्षमा नहीं कर सकते?"

"यह सज़ा तुमने स्वयं स्वीकार की थी।"

"यदि की थी तो भुगत भी ली है। मैं और सज़ा सहन नहीं कर सकती।"

"फिर क्या करोगी?"

"आप मुझे ठुकरा रहे हैं। कुत्ते का जो नाम रख दिया जाता है वह उसी नाम से पास आ जाता है और उसी नाम से जीवित रहता है। आप मुझे जो जीवन दे रहे हैं वह जीवन नहीं है बल्कि मौत से भी गया-गुज़रा है।"

"मैंने पूछा था तुम क्या करोगी?"

"यह तो समय बताएगा।"

"क्या तुम धमकी दे रही हो?"

"नहीं।"

"फिर?"

"अपना अधिकार मांग रही हूं।"

"तुम्हारा कोई अधिकार नहीं मुझपर।"

"तो मैं क्या करूं?" रोमा ने आंसू साफ किए।

"इसी प्रकार जीवित रहो।"

"यदि जीवित न रह सकूं तो?"

"तो कोई दूसरा दर्शन ढूंढ़ लो।"

"और आप इसे पसन्द करेंगे?"

"क्या पहले पसन्द किया था?"

"नहीं।"

"फिर तुम समझदार हो। और तुम कोई ऐसा कदम न उठाओगी जिससे यह जीवन, जो तुम्हारे कथनानुसार मौत से गया-गुज़रा है, इससे भी कठिन हो जाए। मौत तो सब दुखों को खत्म कर देती है। लेकिन जीवित मानव दुखों से छुटकारा नहीं पा सकता।"

"यह आपका फैसला है?"

"फैसला! मैंने एक बार किया था और उसपर कायम हूं। मैं हर रोज़ नये फैसले नहीं करता।"

"तो आपका फैसला अन्तिम फैसला है?"

"बिलकुल।"

"मुझे इसी प्रकार तड़प-तड़पकर मरना होगा?"

"दूसरा कोई रास्ता ही नहीं।

"आप हठधर्मी छोड़ दें तो हम एक बार फिर आदर्श पति-पत्नी बनकर जीवन गुज़ार सकते हैं। मैं अभी बूढ़ी नहीं हुई। मैं अभी दो और बच्चों को जन्म देना चाहती हूं।"

"मैं फिर कहता हूं कि मुझे तुम्हारी यह राय कदापि पसंद नहीं।"

"आप बदल नहीं सकते?"

"मैं स्वाभिमानी पुरुष हूं।"

"वह मैं सुन चुकी हूं और पांच वर्ष से चुप रहकर देखती आई हूं। लेकिन अब आप चाहें तो बदल सकते हैं।"

"लेकिन क्यों बदलूं?"

"मेरी खातिर।"

"और तुमने मेरी भावनाओं की कद्र की थी? क्या तुमने मेरी भावनाओं को ठेस नहीं पहुंचाई थी?"

"तो मेरी आशा फिज़ूल है!" कहकर रोमा खड़ी हो गई। उसने साड़ी के आंचल से आंसू साफ किए, "आप मुझे क्षमा नहीं कर सकते!"

सतीश ने कोई उत्तर न दिया।

"मैं चली जाऊं?"

"हां।"

"क्या मैं यहां आज की रात रुक नहीं सकती?"

"नहीं।"

"ओह! तो आप इतने कठोर दिल हैं! तो यह मेरी भूल थी जो आज मैं यहां चली आई, मैं तो पूरे विश्वास से आई थी कि आपको अपना लूंगी, लेकिन मैं निराश जा रही हूं। और एक असफल नारी स्वयं को तबाह भी कर सकती है।"

"तुम जैसी स्त्रियां आत्महत्या नहीं कर सकतीं। आत्महत्या वे करती हैं जो अपनी लाज को जान से अधिक प्रिय समझती हैं।"

"मैं जानती हूं।" रोमा ने मुर्दा स्वर में कहा।

"फिर तुम जा सकती हो।"

"लेकिन आप क्षमा नहीं कर सकते?"

"नहीं।"

"ओह!" रोमा ने गहरी सांस ली और चल दी।

"सुनो।"

रोमा रुक गई।

"मुझपर और कीचड़ फेंकने से पहले एक बार सोच लेना कि यदि तुमने कोई ऐसी हरकत की, तो उसकी सज़ा इससे भी कठिन होगी।"

"आप निश्चिन्त रहें। मैंने एक भूल की और इतनी सख्त सज़ा पा रही हूं। मैं दूसरी बार वैसी भूल नहीं कर सकती। मैं स्वयं को खत्म कर दूंगी, लेकिन जो एक

बार हुआ है वह दूसरी बार न होगा।" कहकर वह तेज़ी से कमरे से निकल गई।

अपने कमरे मे जाकर वह बेइख्तियार रोने लगी।

और आंसुओं से उसने तकिया भिगो डाला, लेकिन सतीश उसे बुलाने न आया—उसके आंसू पोंछने न आया।

पन्द्रह दिन तक वह इस प्रतीक्षा में रही कि शायद उस रात की बातों ने सतीश का दिल नर्म कर डाला होगा। लेकिन सतीश के व्यवहार में कोई परिवर्तन न हुआ।

वे नाश्ते पर न मिलते थे और न ही रात के खाने पर। खाई जो पैदा हुई थी वह गहरी भी हो गई थी तथा चौड़ी भी।

पन्द्रह दिन की लगातार प्रतीक्षा के बाद उसकी हर आशा टूट जाने से उसका दिल टूट गया।

इस एकान्त, वीरानी और कठोरता से वह निराश हो गई और सोलहवें दिन शाम को वह सतीश के बेडरूम में चली गई।

वह वार्ड रोब, जिसमें व्हिस्की पड़ी थी, खुली थी। उसने उसे खोलकर देखा कि एक दर्जन से अधिक व्हिस्की की बोतलें पड़ी थीं। उसने हाथ बढ़ाया और एक बोतल निकाल ली। बोतल को उसने ध्यान से देखा और बड़बड़ाई, 'शायर और उपन्यासकार तुम्हारी बहुत प्रशंसा करते हैं। कहते हैं तुम दुनिया के हर गम का इलाज हो। आज से मैं तुम्हें अपनाती हूं। शायद तुम मेरे गम का इलाज कर सको।' कहकर उसने बोतल हाथ में थाम ली और वार्ड रोब बन्द कर डाला।

अपने कमरे में आकर उसने बोतल को मेज़ पर रख दिया।

भूषण अब बारह वर्ष का हो गया था और दोस्तों में मस्त रहता था। वह साढ़े आठ नौ बजे घर आता था। खाना खाकर थोड़ी देर पढ़ता था, फिर सो जाता था।

लेकिन पिछले कुछ महीनों से वह भूषण से भी अधिक बातें न करती थी। भूषण पड़ोसियों में मस्त था।

वह कितनी अकेली थी! उसका पति था जो उसका न था। वह इस मासूम बेटे से क्या आशा रख सकती थी! शाम उतरती तो उसकी वीरानी बढ़ जाती। बुढ़ापे का डर सताता और जवानी अपनी जगह उसे परेशान क़रती।

उसको बोतल का ढक्कन खोलने में बहुत कठिनाई हुई। उसने सतीश को

खोलते देखा था, लेकिन वह तो एक ही झटके में खोल देता था। अब सोच रही थी कि खुली बोतल ले आए। लेकिन उसने जैसे ही थोड़ा ज़ोर लगाया ढक्कन खुलने लगा। फिर तो उसने पूरी शक्ति लगाई और ढक्कन खोल दिया।

'अब नई ज़िंदगी शुरू होगी!' उसने बोतल को सूंघते हुए कहा, 'जहन्नुम में जाए सतीश और उसका अहंकार।'

उसने गिलास में व्हिस्की डाली। पानी मिलाया और दो मिनट सोचने लगी—'क्या वह ठीक कदम उठा रही है? सतीश इसपर नाराज़ तो न होगा?... जहन्नुम में जाए सतीश!' वह बड़बड़ाई। उसने सवा पांच वर्ष उसकी प्रतीक्षा की है। यही सोचकर कि वह उसकी भूल क्षमा कर देगा। लेकिन सतीश से बड़ा पत्थरदिल और कोई नहीं हो सकता। उसने उसे कैदखाने में डाल दिया था और यह बताना न चाहता था कि उसकी सज़ा की अवधि क्या है। वह अब आज़ादी की प्रतीक्षा न कर सकती थी। वह प्रतीक्षा से थक गई थी। सतीश बदल न सकता था। अब उसे अपना जीवन बदलना होगा।

उसने गिलास होंठों से लगाया। दो घूंट कंठ से उतारे और गिलास रख दिया। व्हिस्की वह जीवन में दूसरी बार पी रही थी। पहली बार होटल में दर्शन ने पिलाई थी जो उसके होश काबू करने में सहायक बनी थी। वह दिलेर हो गई थी। लेकिन यह व्हिस्की कड़वी क्यों है? सतीश की तरह? उसके अपने जीवन की तरह?

'खैर, देखा जाएगा!'—वह धीरे-धीरे इसकी आदी हो जाएगी।

दवा भी तो कड़वी होती है, लेकिन रोगी को आराम आ जाता है। वह स्वस्थ हो जाता है।

उसने गिलास उठाकर होंठों को लगाया और फिर दो घूंट कंठ से नीचे उतारे। इस बार वह इतनी कड़वी न थी जितनी पहली बार अनुभव हुई थी।

आधा गिलास खाली हुआ तो उसका दिमाग काम करने लगा। वह अच्छी-अच्छी बातें सोचने लगी।

जब गिलास खत्म हुआ तो उसकी तबीयत संभल गई। वह आकाश में उड़ने लगी। वह स्वयं को हलका-फुलका अनुभव करने लगी। उसके भीतर जो तनाव था वह खत्म हो गया। अब वह स्वयं को अकेली अनुभव न कर रही थी।

उसका विचार था कि एक पैग बहुत हो गया, लेकिन एक पैग ने उसके अन्दर प्यास भड़का दी थी।

धीरे-धीरे गिलास पर गिलास खाली होता गया और इसकी मांग बढ़ती गई।

दिमाग जो वर्षों से सोच-सोचकर ठस हो गया था, वह काम करने लगा।

नशे में उसने अपने शरीर का कई कानों से निरीक्षण किया।

वह कितनी सुन्दर और स्वस्थ थी! उसका शरीर अभी पिलपिला न हुआ था। उसके बाज़ू सुडौल थे। छातियां उभरी हुई थीं और टांगें बहुत ही सुडौल थीं।

सतीश को इस शरीर से घृणा थी। 'मूर्ख!' वह बड़बड़ाई, 'वह क्या जाने कि दो-तीन बार किसी पराये पुरुष के साथ सोने से स्त्री बेकार नहीं हो जाती। उसका शरीर नासूर नहीं बन जाता। उसकी सुन्दरता नष्ट नहीं हो जाती।'

वह आईने के आगे से उठी और वहां चली गई जहां गिलास और व्हिस्की पड़े थे। उसने गिलास में फिर व्हिस्की डाली।

वह नाचना चाहती थी। खुले आकाश में उड़ना चाहती थी और वह व्हिस्की के नशे में उड़ रही थी।

'मैं किसीकी परवाह न करूंगी। मैं इस तरह घुट-घुटकर न मरूंगी। मैं अब जीवित रहूंगी। मैंने अपने दुख का इलाज तलाश कर लिया है।' उसने अपने बेटे भूषण के सोने का इंतज़ाम भी दूसरे कमरे में करवा दिया था।

और इस प्रकार रोमा की मदिरापान की ज़िन्दगी आरम्भ हो गई। वह पति और पुत्र से स्वतंत्र हो गई।

एक मास में रोमा की यह दशा हो गई कि जैसे ही संध्या उतरती, वह अपना गिलास भर लेती और रात के नौ साढ़ नौ बजे तक मदिरापान करती रहती।

अब उसका मानसिक तनाव कम हो गया था। सतीश की बेरुखी और प्रतिशोध की भावना से वह दूर निकल गई थी। उसे आभास हुआ कि शराब तो सब दुखों का इलाज है।

कुछ मास उपरान्त वह दिन में भी पीने लगी। एक वर्ष बाद उसकी यह दशा थी कि जब भी एकान्त का भूत उसे डराता, तो बोतल उसके हाथ में होती।

पहले-पहले तो सतीश को उसके मदिरापान की सूचना न मिली, इन दोनों का कभी आमना-सामना न होता, फिर उसे कैसे पता चलता कि रोमा ने पीन शुरू कर दिया है। इधर उसकी वार्ड रोब में सदा दस-पन्द्रह बोतलें व्हिस्की की पड़ी रहती थी, उसे पता ही न चला कि कोई उसकी व्हिस्की पी रहा है। वह यही समझता रहा कि उसने स्वयं पी ली होगी या मित्रों को पिला दो होगी। अब वह

अपना बेडरूम नीचे की मंज़िल में ले गया था। ऊपर जाने की उसे आवश्यकता ही न पड़ती थी।

एक बार उसने कुछ मित्रों को आमंत्रित किया। निश्चित दिन सतीश ब्लैक डाग की चार बोतलें लाया और उसने वार्ड रोब में रख दीं। व्हिस्की रखकर वह क्लब चला गया।

रोमा की बोतल खाली हो गई थी। वह सतीश के बेडरूम में बोतल लेने गई तो उसने ब्लैक डाग की चार बोतलें देखीं। उसे न मालूम क्यों यह ब्राण्ड पसन्द आया और उसने एक बोतल निकाल ली।

अगले दिन पार्टी थी। मेहमान आने वाले थे। वह केवलसिंह को पार्टी के लिए हिदायत दे रहा था। ड्राइंगरूम में एक दर्ज़न गिलास, सोडे, बर्फ, खाने की वस्तुएं जमा कर दी गईं। वह अपने बेडरूम में व्हिस्की लेने गया। उसने वार्ड रोब खोला तो वहां ब्लैक डाग की केवल तीन बोतलें पड़ी थीं। उसने सारा वार्ड रोब छान डाला, फिर कंठ फाड़कर केवलसिंह को आवाज़ दी।

केवलसिंह डरता हुआ आया।

"केवलसिंह!"

"जी साहब।"

"मैं कल चार बोतलें लाया था, आज तीन कैसे हैं?"

"जी, मैं नहीं जानता।"

"तुमने मेरे कमरे की सफाई की थी?"

"जी हां।"

"फिर व्हिस्की कहां गई?"

"साहब, मुझे मालूम नहीं। मैंने तो आलमारी नहीं बोली।"

"केवलसिंह, मुझे पहले भी दो-तीन बार संदेह हुआ था कि मेरी व्हिस्की कम है। लेकिन मैं यह समझा कि मैं ही पी गया हूंगा। मेरे और तुम्हारे सिवा इस घर में कोई मर्द नहीं। मैं कल चार बोतल लाया हूं और आज यहां तीन हैं।"

"साहब, मुझे नहीं मालूम। मैं भगवान की सौगन्ध खाता हूं।"

"केवलसिंह, इस घर में कभी चोरी नहीं हुई। अब तुमने चोरी शुरू कर दी है!"

यह आरोप बहुत गंभीर था। "साहब, मैंने चोरी नहीं की। मैंने तो आज

तक जीवन में कभी शराब नहीं पी।"

"तो बेच दी होगी।"

"जी नहीं साहब। मैं ऐसा नीच काम नहीं करता।"

"फिर गई कहां?"

केवलसिंह चुप हो गया।

"उत्तर दो, वर्ना मैं पुलिस को बुलाता हूं।" पुलिस के नाम से केवलसिंह कांप गया।

"साहब, ऐसा न करो। मैं गरीब आदमी हूं। मैंने चोरी नहीं की।"

"तो बताओ, चौथी बोतल कहां है?"

केवलसिंह चुप रहा।

"जवाब दो, वर्ना मैं पुलिस को बुलाता हूं।"

"साहब!"

"कहो।"

"आप बुरा तो न मानेंगे?"

"किस बात का?"

"यदि सच कहूं तो।"

"यदि सच कह दोगे तो तुम्हें कुछ न कहूंगा।"

"और मेम साहब नाराज़ हुई तो?"

"मेम साहब? क्या मतलब?"

"आप उनके कमरे में जाएं।"

"मेम साहब!" सतीश का माथा ठनका। "हूं। मैं अभी जाता हूं।" कहकर वह ऊपर चढ़ गया।

रोमा के बेडरूम का दरवाज़ा बन्द था। उसने दरवाज़े पर दस्तक दी। "कौन है? आ जाओ। दरवाज़ा खुला है।"

सतीश ने दरवाज़ा खोला और भीतर चला गया। रोमा के सामने मेज़ पर ब्लैक डाग की बोतल पड़ी थी। सोडा और गिलास पड़े थे। बोतल आधी के लगभग खाली थी।

"आप!" रोमा मुस्कराते हुए बोली, "आप और मेरे बेडरूम में! यह चांद कैसे निकला!"

"यह क्या है?" उसने पास आकर बोतल की ओर इशारा किया।

"व्हिस्की।"

"व्हिस्की! तो तुम व्हिस्की पी रही हो!"

"हां।"

"यह कब से शुरू किया है?"

"छः मास हुए। शायद एक वर्ष।"

"एक वर्ष! और मुझे पता न चला?"

"आज कैसे पता चला? खैर, पता तो चला। अच्छा अब आप आए हैं तो बैठिए, मैं आपके लिए गिलास लाती हूं। अकेले पीकर भी तबीयत घबराती है। आज मैं आपके साथ पीऊंगी। कहते हैं शराब एकान्त में नहीं पीनी चाहिए। अकेले पीने से एकान्त बढ़ता है और जीवन को दीमक की तरह चाट जाता है।"

"खूब! यह क्यों और कब शुरू की और कैसे शुरू की?"

"मैं एक समय में एक प्रश्न का उत्तर दे सकती हूं।" कहकर रोमा ने गिलास होंठों को लगाया और खाली कर दिया।

"तो कब से शुरू की?"

"जिस दिन मैं आपके बेडरूम में गई थी। मैंने कहा था कि मेरी सज़ा कम कर दो और आपने इन्कार कर दिया।"

"वाह! वाह! तो कैसे शुरू की?"

"आपने मुझे ठुकरा दिया। मुझे, मेरी जवानी को, मेरी सुन्दरता को, मेरी इच्छाओं को, मेरे अरमानों को। एक ठुकराई हुई स्त्री को सहारे की आवश्यकता पड़ती है।"

"और तुमने सहारा ढूंढ़ लिया!"

"बड़ा मज़ा आता है। अब कोई गम नहीं। कोई शिकायत नहीं। शरीर और दिमाग में कोई तनाव नहीं रहता। आपकी बेरुखी, घृणा, लापरवाही अब मुझे परेशान नहीं करतीं।"

"क्या तुम समझती हो कि मैं इसकी इजाज़त दूंगा?"

"आपने सज़ा दी थी और इस सज़ा में ऐसी कोई शर्त न थी कि व्हिस्की नहीं पी सकती।"

"और जानती हो, बेटे पर क्या प्रभाव पड़ेगा?"

"बुरा नहीं। वह मेरा हमदर्द है। वह मेरे दुख को समझता है। मुझे पति का प्यार नहीं मिला और उसे पिता का प्यार नहीं मिला। मैंने सुना है कि अब आपकी फैक्टरी फैक्टरी नहीं, बल्कि बहुत बड़ी मिल बन गई है। क्या यह सच है?"

"सच है, लेकिन तुम्हें इससे क्या?"

"क्या मैं आपकी पत्नी नहीं?"

"मेरी पत्नी मर चुकी है।"

"अवश्य, लेकिन उसकी लाश अभी इस घर में पड़ी है। मुझे देख रहे हो, मैं लाश हूं लाश। केवल आप इस लाश को श्मशान ले जाना भूल गए थे।"

"ओह! तो शराब ने तुम्हें ज़बान भी दे दी है!"

"शराब तबीयत को मस्त बनाती है।"

"तो मैंने तुम्हें प्यार नहीं दिया?"

"जी।"

"और जब दिया था तो ठुकरा क्यों दिया था?"

"इसकी सज़ा पा ली है।"

"किसने कहा कि वह सज़ा खत्म हो गई है?"

"नहीं हुई तो मैं अब भी भुगत रही हूं और मुझे कोई खेद नहीं और न ही कोई शिकायत है।"

"तो तुम बदल गई हो!"

"आप यहा चाहते थे न कि मैं घुट-घुटकर मर जाऊं? बाहर न जाऊं? किसी पार्टी में भाग न लूं? क्लब में न जाऊं? किसीसे मिलूं नहीं? मेरे लिए इस संसार में केवल एक कमरा है और मैं इस कमरे में जीवन के दिन पूरे कर रही हूं। क्या मैंने कहा नहीं कि मैं एक लाश हूं जिसे आप श्मशान ले जाना भूल गए!"

"बको मत।"

"आप नाराज़ हैं?"

"मैं बहुत खुश हूं। इतना कि अब मैं अपने बेडरूम को ताला लगाया करूंगा।"

"बाजार खुला है। मैं वहां से मंगा लूंगी।"

"मैं तुम्हारा जेबखर्च बन्द कर दूंगा।"

"गहने हैं।"

"वह भी छीन लूंगा।"

"मैं फिर भी न मर सकूंगी।"

"तो ये तेवर हैं!"

"आप नाराज़ क्यों हो रहे हैं? मैं आपके लिए गिलास लाती हूं, और सब दुख दूर हो जाएंगे। हम एक नहीं हो सकते तो न सही; हम पति-पत्नी नहीं बन सकते तो न सही; लेकिन हम शराब के साथी तो बन सकते हैं।"

"मैं देख रहा हूं कि यह आधी के करीब बोतल है। बाकी तुमने कल खत्म की थी?"

"शायद।"

"तुम कितनी पी लेती हो?"

"कह नहीं सकती। कभी दो दिन में एक बोतल खत्म हो जाती है और कभी तीन दिल में। मूड पर है। कभी दिन में शुरू कर देती हूं और कभी केवल शाम को पीती हूं। क्या आप सचमुच साथ नहीं देंगे?"

"खैर! अब तो मैं नीचे जा रहा हूं। कुछ मेहमान आने वाले हैं। लेकिन फिर किसी दिन बात करूंगा।"

"आज्ञा दें तो मैं भी आपकी पार्टी में भाग लूं?"

"कभी सोचा है कि बेटे पर क्या प्रभाव पड़ेगा?"

"पिता पिए तो पुत्र पर क्या प्रभाव पड़ता है?"

"इस देश में पिता पी सकता है।"

"मां क्यों नहीं?"

"इसलिए कि अभी इस देश में सभ्यता और संस्कृति शेष है।" सतीश ने क्रोध में कहा।

"जीवन दे नहीं सकते, मरने का यह ढंग आपको पसन्द नहीं, फिर बताइए मैं कैसे जीऊ?"

"इससे तो बेहतर है कि मर जाओ।"

"वह मेरे वश में नहीं। होता तो मैं एक दिन भी जीवित न रहती।" कहकर रोमा गिलास में व्हिस्की डालने लगी।

सतीश ने उसके हाथ से गिलास छीन लिया और दीवार पर दे मारा। रोमा ने उसे फटी-फटी आंखों से देखा।

"आप मुझे बोर कर रहे हैं।"

"शायद।" कहकर वह क्रोध में कमरे से निकल गया।

"गिलास तोड़ डाला तो कितनी आवाज़ आई है और मेरा दिल तोड़ डाला तो किसीको पता न चला। सतीश डियर, तुम केवल तोड़-फोड़ में विश्वास रखते हो।" कहकर वह उठी और अलमारी से दूसरा गिलास निकाल लाई। "अच्छा किया जो गिलास तोड़ा, बोतल तोड़ देते तो कितनी परेशानी होती!" कहकर वह बेइख्तियार हंसने लगी।

बोतल खाली होती गई और रात ढलती गई। बोतल खाली हो गई तो रोमा नशे की दशा में खाली पेट सो गई। नीचे पार्टी के कहकहे सारी कोठी की दीवारों को हिला रहे थे लेकिन वह कहकहे रोमा के कानों तक न पहुंच सकते थे।

बोतल में दो पैग के लगभग व्हिस्की बाकी थी। रोमा ने उसे पन्द्रह मिनट में खत्म कर दिया और उठकर सतीश के बेडरूम में व्हिस्की लेने चली गई।

वार्ड रोब में ताला था।

'ओह! तुमने ताला लगा दिया है। तुम समझते हो कि मैं व्हिस्की खरीद नहीं सकती। मैं केवल तुम्हारी व्हिस्की पर जीवित रह रही हूं।' कहकर वह हॉल में गई और उसने केवलसिंह को पुकारा।

केवलसिंह आ गया, "जी, मेम साहब!"

"बाज़ार से एक बोतल व्हिस्की लाओ।"

"व्हिस्की!" केवलसिंह हिचकिचाया।

"सोच क्या रहे हो? तुम केवल साहब से शिकायत ही कर सकते हो या मेरा काम भी कर सकते हो?"

"ऐसी बात नहीं, मेम साहब।"

"ऐसी बात नहीं तो शिकायत क्यों की थी?"

"वह मुझपर सन्देह कर रहे थे।"

"ओह यह बात है! खैर, मेरे साथ आओ, मैं पैसे देती हूं और बाज़ार से व्हिस्की लाओ और साहब को बताना नहीं।"

"बिलकुल नहीं, मेम साहब।"

"तो आओ!" कहकर वह आगे बढ़ गई। केवलसिंह उसके पीछे था।

ऊपर पहुंचकर उसने अलमारी से सौ का नोट निकाला। जो ज़ेबखर्च सतीश

उसे देता रहा था वह इन छः वर्षों में सात हज़ार से अधिक रकम बन गई थी। इसके अतिरिक्त उसके पास अच्छे दिनों का दस हज़ार रुपया बैंक में पड़ा था।

"साहब समझते हैं, मैं व्हिस्की नहीं खरीद सकती। मैं उनकी व्हिस्की की प्यासी हूं। मैं उनकी व्हिस्की पर थूकती भी नहीं!" कहकर उसने सौ का नोट बढ़ाया।

"कौन-सी व्हिस्की लाऊं?"

"कोई-सी ले आओ जो अच्छी हो। अभी मैं इनके नाम नहीं याद कर सकी। वैसे स्काच लाना।"

"कितने की आएगी?"

"मैं क्या जानूं! जितने की मिले ले आओ। अब बातें न करो। साइकिल उठाओ और दस मिनट में लौट आना।"

"जी।" कहकर केवलसिंह चला गया।

रोमा से व्हिस्की की प्रतीक्षा न हो रही थी। वह गालियां दे रही थी कि केवल सिंह कहां मर गया। भगवान का नाम लेकर केवलसिंह आया।

"इतनी देर लगा दी?"

"मेम साहब, मैं तो एक मिनट भी नहीं रुका कहीं। बस आने-जाने में जितनी देर लगी उतनी ही लगी।"

"अच्छा, अच्छा।" कहकर वह बोतल खोलने लगी।

"सत्तर रुपये की आई है।"

"बाकी पैसे मेज़ पर रख दो।" वह गिलास में व्हिस्की डाल रही थी। उसने कांपते हाथों पानी डाला और एक प्यासे की तरह गिलास होंठों से लगाया और खाली करके रख दिया।

"अब बात बनी!" कहकर वह फिर गिलास भरने लगी।

"मैं जाऊं?"

"हां।"

"खाना कब लगाऊं?"

"जब मैं कहूं।"

"जी।" कहकर केवलसिंह चला गया।

रोमा ने रेडिया ऑन किया और फिर उसके जी में न मालूम क्या आई कि

वह कपड़े उतारने लगी। जब कपड़े उतर गए तो उसने स्वयं को आईने में देखा और बोली, "कितना सुन्दर शरीर है जैसे सांचे में ढला हो! कौन कहता है कि मैं सैंतीस वर्ष की हूं! मैं पच्चीस वर्ष से अधिक की दिखाई नहीं पड़ती। लेकिन उस हठधर्मी को इस शरीर से अब कोई लगाव नहीं। लेकिन मैं इस शरीर का फायदा उठाना चाहती हूं। लेकिन कैसे?"

कहकर वह उठी। उसने नंगे शरीर पर ड्रेसिंग गाउन पहन लिया। नंगे शरीर पर ड्रेसिंग गाउन से शरीर का कोई भाग दिखाई न पड़ता था। ऐसा अनुभव होता था जैसे उसके शरीर को स्वतंत्रता मिल गई थी।

नई बोतल से चौथा पैग और वैसे शायद सातवां पैग उसके हाथ में था। और नशे में उसका मस्तिष्क काम करने लगा था।

फिर वह बेडरूम से निकली और उसने राधा को पुकारा।

"अभी आई मेम साहब।" राधा की आवाज़ आई।

"राधा!" वह बड़बड़ाई। वह राधा से दोस्ती गांठेगी। वह राधा को अपना बनाएगी।

पांच मिनट बाद राधा आई तो उसके कदम डगमगा रहे थे और बात साफ नहीं हो पा रही थी।

"जी मेम साहब?"

"मेम साहब! राधा! तू क्या कर रही थी?"

"जी, रसोईघर में थी।"

"भूषण आ गया?"

"अभी नहीं आया।"

"वह भी पिता की भांति देर से आने लगा है। आज आएगा तो उसे डांटूंगी।"

"जी।"

"राधा, तू कितनी अच्छी है!"

"मैं समझी नहीं मेम साहब।"

"तुम मुझे मेम साहब मत कहो।"

"फिर क्या कहूं?"

"सहेली।"

"सहेली?"

"हां। आज से हम सहेलियां हैं, पक्की सहेलियां। मैं चाहती हूं कि तुम्हें एक साड़ी दूं।" कड़कर वह उठी और वार्ड रोब की ओर बढ़ी। वार्ड रोब साड़ियों से भरा हुआ था।

"राधा!"

"जी।"

"इधर आओ।"

राधा, पास आ गई।

"राधा, पसन्द करो साड़ी।"

"पसन्द करूं?"

"हां-हां। डरो नहीं।"

"मेम साहब, कोई भी पुरानी दे दीजिए, जैसे आप दिया करती हैं।" राधा ने कहा।

"नहीं। तुम फटी-पुरानी नहीं पहनोगी। लो पसन्द करो। यह बनारसी साड़ी कैसी है?"

"जी, बहुत अच्छी है, लेकिन यह तो नई है।"

"नई है तो क्या हुआ! अब तुम मेरी सहेली हो। सहेली को फटी-पुरानी साड़ी नहीं देते। लो, तुम यही लो। यह मेरी ओर से भेंट है। हमारी दोस्ती के लिए।" कहकर उसने साड़ी निकाली और राधा की ओर बढ़ा दी।

"नहीं मेम साहब, यह तो बहुत कीमती है और मैं गरीब हूं।"

"तुम आज से गरीब नहीं हो। आज से तुम मेरी सहेली हो। मेरा हर कपड़ा तुम पहन सकती हो। तुम मेरे गहने भी पहन सकती हो।"

"नहीं-नहीं, साहब देखेंगे तो क्या कहेंगे!"

"कुछ नहीं कहेंगे। साहब की साड़ियां नहीं, मेरी साड़ियां हैं। मैं इनका जो चाहूं करूं। इन्हें फाड़ सकती हूं, जला सकती हूं, भिखमंगों को दे सकती हूं। लेकिन मैं अपनी सहेली को दूंगी।" कहकर रोमा ने राधा को बांहों में समेट लिया—जिस तरह मर्द औरतों को समेट लेते हैं।

"मेस साहब, यह आप क्या कर रही हैं?"

"प्यार।"

"प्यार!"

"हां, प्यार। मैं प्यार की भूखी हूं। मुझे कोई प्यार नहीं करता। मेरी दुनिया में कोई नहीं। पति नहीं, बेटा नहीं, भाई नहीं, बहन नहीं, मित्र नहीं, लेकिन सहेली है। मैंने तुम्हें सहेली बना लिया है।" कहकर रोमा ने अपने होंठ उसके होंठों पर रख दिए।

"मेम साहब, यह आप क्या कर रही हैं!" राधा ने अपने को छुड़ाने की चेष्टा की।

"नहीं राधा! तुम मेरी सहेली हो। मैं तुम्हें साड़ियां दूंगी, गहने भी दूंगी। तुम मुझे प्यार करोगी और मैं तुम्हें प्यार करूंगी।"

"लेकिन...लेकिन..."

"लेकिन क्या? राधा, तुम मेरी सहेली हो और मित्र वह जो प्यार करे। क्या तुम नहीं जानती हो कि मैं कैसा जीवन काट रही हूं? मुझपर क्या अन्याय हो रहा है? मुझे किस तरह इस कमरे में बन्द कर रखा है? मैं कहीं जा नहीं सकती, कोई मुझे मिलने नहीं आ सकता। मैं क्लब नहीं जा सकती, रेस्टोरेंट में नहीं जा सकती, सिनेमा नहीं जा सकती। तुम जानती हो, तुम्हारे साहब ने क्या कर रखा है?"

"मैं जानती हूं।"

"फिर तुम्हें मुझसे हमदर्दी नहीं?"

"है।"

"तो मेरी सहेली क्यों नहीं बन जातीं! मुझे मित्र की आवश्यकता है। देखो राधा, इन्कार न करो। मेरा दिल न तोड़ो, वर्ना मैं रो दूंगी।" कहकर वह रोने लगी।

"मेम साहब, आप तो रोने लगीं!"

"तो क्या करूं? मैं कहां जाऊं? मुझे मौत भी तो नहीं आती। मेरी जवानी को जलाया जा रहा है। दीमक उसे चाट रही है। यह शरीर एक बीमार औरत का शरीर है। तुम वायदा करो कि तुम मुझे छोड़ोगी नहीं; मेरी दोस्त बनोगी और मुझे प्यार करोगी। देखो, मैं तुम्हारे पांव पकड़ती हूं।" कहकर वह फर्श पर बैठ गई और उसने राधा के पांव पकड़ लिए।

"छि:-छि:, मेम साहब! यह आप क्या कर रही हैं!" उसने पांव छुड़ाने की चेष्टा की।

"नहीं राधा, मुझे छोड़कर न जाओ, वर्ना मैं मर जाऊंगी।"

"अच्छा-अच्छा, मैं नहीं जाती। मेरे पांव तो छोड़िए।"

"पहले वायदा करो कि तुम मेरी दोस्त बनोगी और मुझे प्यार करोगी!"

रोमा ने रोते हुए कहा।

"अच्छा-अच्छा, मेम साहब, मैं वायदा करती हूं।"

"जो मैं कहूंगी करोगी?"

"करूंगी।"

अगले दिन रोमा बैंक गई। राधा उसके साथ थी। उसने ताला खोलकर सारे ज़ेवर निकाल लिए। इस विचार से कि जब उसका रुपया खत्म हो जाए और सतीश पैसे न दे, तो वह गहने बेच सकती है।"

बैंक से निकलकर उन्होंने टैक्सी पकड़ी।

"कहां चलें सहेली?" उसने राधा से पूछा।

"कहां जाना है? घर चलते हैं!"

"आज वर्षों के बाद कोठी से निकली हूं। क्यों न कुछ सैर की जाए! वह घर तो जेलखाना है।"

"फिर कहां जाना है?"

"इस समय क्लब में बहुत शान्ति होगी। वहीं चलते हैं। मैं दो बोतल बियर पिऊंगी। फिर वहां ही खाना खा लेंगे। ठीक है न फ्रेंड?"

"जैसी आपकी इच्छा।"

"ड्राइवर! क्लब चलो।"

टैक्सी दौडने लगी।

"बाज़ारों में कितनी रौनक है!" रोमा ने कहा।

"हां।"

"मैं तो यह सब कुछ भूल गई हूं। सब कुछ अपरिचित-सा लगता है। कितनी नई बिल्डिंगें बन गई हैं!"

"आप कितने वर्ष बाद बाहर आई हैं?"

"सात वर्ष। शायद आठ वर्ष।"

"ओह! इस अरसे में तो दुनिया बदल गई है।"

"मैं भी तो बदल गई हूं। और अब नये जीवन में कदम रख रही हूं। ...शायद क्लब का स्टाफ बदल गया हो। लोग मुझे पहचानेंगे नहीं। लेकिन मैं सेक्रेटरी को जानती हूं।"

"कोई न कोई परिचित तो मिल जाएगा।"

"क्यों नहीं। आखिर मेरा पति वहां का पुराना मेम्बर है।" क्लब आ गया था। वे टैक्सी से उतरी और उन्होंने बिल चुकाया।

"फ्रैंड! ये गहने तुम सम्हाल लो। अब इनकी निगरानी तुम्हारी ज़िम्मेदारी है।"

"आप घबराइए नहीं।"

वे क्लब के भीतर चली गईं। लंच का अभी टाइम न था। इसलिए क्लब में मुश्किल से पांच-सात व्यक्ति थे।

वे एक मेज़ के गिर्द बैठ गईं। वेटर आया तो उसने पूछा, "क्या चाहिए?"

"एक ठंडी बियर। दोस्त, तुम पिओगी?" रोमा ने राधा से पूछा।

"नहीं।"

"इनके लिए सोफ्ट ड्रिंक लाओ।"

"मेम साहब, बुरा न मानें तो एक बात पूछूं?" वेटर ने कहा।

"अवश्य।"

"आप इस क्लब की मेम्बर हैं?"

"मैं और मेरा पति दोनों मेम्बर हैं।'

"क्षमा कीजिए, मैं आपको पहली बार देख रहा हूं।"

"मेरे पति का नाम सतीश वर्मा है।"

"जी, उन्हें तो जानता हूं। वह तो रोज़ आते हैं।"

"तुम कब से काम करते हो?"

"दो वर्ष से।"

"मैं तीन वर्ष से यूरोप में थी। क्या इन दिनों भी मिस्टर सहगल सेक्रेटरी हैं?"

"जी नहीं, आजकल मिस्टर पाराशर सेक्रेटरी हैं।"

"खैर, मैं उन्हें जानती हूं।"

"क्या आप वाउचर पर साइन करेंगी?"

"नहीं। कैश दूंगी।"

"फिर कोई बात नहीं। कौन-सी बियर लाऊं? इंडियन या इंगलिश?"

"इंगलिश।"

"यस मैडम।" कहकर वह चला गया।

"उल्लू का पट्ठा! बाप-दादा का नाम नहीं पूछा, वह पूछना शायद भूल

गया।" रोमा ने हंसकर कहा।

"जी।"राधा ने कहा।

"जगह पसन्द आई?"

"बहुत सुन्दर है।"

"इधर तैरने का तालाब है और उधर लॉन, जहां टैनिस के मैच होते हैं। वह मुझे यहीं मिला था।"

"कौन?"

"वही कायर जो मुझे छोड़कर भाग गया और जिसके कारण मेरा जीवन नष्ट हुआ।"

"तो वह यहां मिला था?"

"हां। मैं हर शाम यहां आती थी और एक दिन वह मिला। उसने ऐसी बातें कहीं कि मेरी ज़िन्दगी में उथल-पुथल मच गई। पहली भेंट में उसने मेरी भावनाओं को, मेरी सोच और मस्तिष्क के कपड़े उतार डाले। दूसरी भेंट में उसने मेरे तन के कपड़े उतार डाले।"

"बहुत तेज़ था!"

"बहुत। यह ठीक है कि वह कायर सिद्ध हुआ, लेकिन सेक्स के मामले में उसका जवाब न था। उसने मुझे नई दुनिया से परिचित करा दिया था।"

"यह आप कैसी बातें कर रही हैं?"

"तुम मेरी सहेली हो और सहेली से राज़ की बातें कह दी जाती हैं।"

"लेकिन यह बेशर्मी है।"

"दोस्त से शर्म कैसी! फिर हम किस प्रकार के दोस्त हैं!

क्या हमारी दोस्ती में सेक्स का हाथ नहीं?"

"मेम साहब! आप बोर कर रही हैं।" राधा थी तो नौकरानी, लेकिन बोर जैसे अंग्रेजी शब्द सीख गई थी।

"नहीं फ्रैंड। दोस्त की बातों से कोई बोर नहीं होता। कभी-कभी मैं सोचती हूं, यदि तुम्हारे साहब मुझे तलाक दे देते, तो वह मुझे अपनी पत्नी बना लेता।"

"लेकिन उसने तो आपकी सुध ही न ली!"

"इसलिए कि वह डर गया था। लेकिन तलाक के बाद डर की बात न रहती। मैं आज़ाद हो जाती। आत्मनिर्भर होती।"

"और अब?"

"अब मैं न ज़िन्दा हूं न मुर्दा।"

"मेरे होते हुए भी?"

"फ्रैंड! तुमने मुझे मौत के मुंह से बचा लिया है। मैं तुम्हारी कृतज्ञ हूं।"

"दोस्तों में एहसान नहीं चलता।"

"मैं जानती हूं, लेकिन सच तो सच है।"

"यह मैं क्या देख रही हूं!" एक नारी-स्वर ने उन्हें चौंका दिया था। कोई इनकी मेज़ के करीब खड़ी थी।

दोनों ने निगाहें उठाकर देखा। राधा को कोई आश्चर्य न हुआ, क्योंकि वह उसे जानती न थी, यद्यपि रोमा चौंक पड़ी।

"मिसेज़ बतरा! तुम..."

"हां मैं।" मिसेज़ बतरा ने कहा, "क्या मैं बैठ सकती हूं?"

"अवश्य, अवश्य।" रोमा ने कहा, "पुराने मित्रों से मिलकर मुझे बहुत खुशी होती है।"

मिसेज़ बतरा बैठ गई थी, "तुम कहां गायब हो गई थीं?"

"मैं यूरोप चली गई थी। दो वर्ष वहां रही।" रोमा ने कहा।

"कौन-से यूरोप?"

"क्या यूरोप भी कई हैं?"

"लेकिन मैंने तो कुछ और ही सुना था। खैर, तुमसे मिलकर बहुत खुशी हुई। तुमने एकदम क्लब आना बन्द कर दिया। हम सब परेशान थीं कि आखिर ऐसी कौन-सी वजह हो गई! मिस्टर सतीश वर्मा तो रोज़ क्लब आते हैं, लेकिन तुम्हारी कोई खबर न थी। उनसे हर मेम्बर ने पूछा तो..."

"क्या जवाब मिला?"

"तुम शहर में नहीं हो।"

"ओह!" रोमा ने गहरा सांस लिया और गिलास खाली कर दिया।

"यह क्या पी रही हो?"

"बियर।"

"वह तो मैं देख रही हूं। लेकिन इसे तो बच्चे पीते हैं।" मिसेज़ बतरा ने हंसकर कहा, "तुम बच्चा नहीं हो, यद्यपि तुम बिल्कुल नहीं बदली हो। शायद

तुम्हें आठ वर्ष के बाद देख रही हूं; लेकिन वही शरीर। एक पाउंड नहीं बढ़ी हो। वही जवानी, बल्कि पहले से अधिक जवान हो और वही सुन्दरता!"

"आखिर यूरोप की जलवायु ने यही करना था।"

"क्यों नहीं! खैर, मैं अपने लिए व्हिस्की का आर्डर करती हूं।" कहकर उसने वेटर को आवाज़ दी।

"मेरे लिए एक बियर।" रोमा ने आर्डर दिया।

"व्हिस्की क्यों नहीं?" मिसेज़ बतरा ने कहा।

"नहीं, मैं दिन में व्हिस्की नहीं पीती।"

"बियर भी पीने की चीज़ है?" कहकर उसने वेटर को देखा। "जाओ।" उसने वेटर से कहा।

"और मेम्बरों का क्या हाल है।" रोमा ने पूछा।

"सब मज़े में हैं।"

"और आपकी सहेली? क्या नाम था भला उसका?"

"मिसेज़ अरोड़ा?"

"हां।"

"उसने शहर छोड़ दिया है।"

"यह तो बुरा हुआ। फिर आजकल किसे फ्रैंड बना रखा है?" रोमा पर बियर असर कर रही थी। वह यह तो जान गई थी कि आज शाम को उसके पति को पता चल जाएगा कि वह दिन में क्लब आई थी और बियर पी रही थी।

"अब तो तुम्हें फ्रैंड बनाने को जी चाहता है।"

"मैं क्षमा चाहती हूं।" रोमा ने हंसकर कहा, "मैं तुम्हारी दोस्ती के काबिल नहीं।"

"यह तुम्हारा भ्रम है। मैं दर्शन से बेहतर हूं। उसकी तरह किसीको बदनाम और अपमानित नहीं करती।"

"क्या मतलब?"

"क्या यह गलत है कि तुम्हारे पति ने तुम्हें और दर्शन को तुम्हारे बेडरूम में रंगे हाथों पकड़ लिया था?"

"तुमसे किसने कहा?"

"कौन कह सकता है! तुम्हारा पति तो ऐसी बात न कहेगा।"

"तो दर्शन कहानियां सुनाता है?"

"है नहीं था।"

"क्या मतलब? क्या अब वह यहां नहीं आता?"

"वह एक दुर्घटना में मारा गया। उसकी कार एक ट्रक से टकरा गई थी। क्या तुम नहीं जानतीं? यह तो चार वर्ष पुरानी बात है।" मिसेज़ बतरा ने कहा और गिलास खाली कर दिया।

"हूं।" रोमा ने केवल इतना कहा।

"क्या अपने ब्वाय-फ्रैंड की याद में आंसू न बहाओगी?"

"आंसू!" रोमा हंस पड़ी, "अच्छा हुआ कि कहानी खत्म हो गई, वर्ना न मालूम कहां-कहां बदनाम करता।"

"उसने क्लब के एक-एक मेम्बर को तुम्हारे साथ सम्बन्ध के चर्चे चस्के ले-लेकर सुनाए।"

"और उससे आशा ही क्या हो सकती थी!"

"मैंने तुम्हें पहले दिन बता दिया था कि वह बहुत घटिया आदमी है, उसको कभी न मिलना, लेकिन तुमने समझा मैं केवल शराबी हूं।"

"ऐसी बात नहीं, यह सब भाग्य का खेल है।"

"भाग्य को क्यों दोष देती हो! तुमने होश में यह गलत कदम उठाया और सज़ा भगती।"

"सज़ा? कैसी सज़ा?"

"क्लब का हर मेम्बर जानता है कि सतीश वर्मा ने तुम्हें घर में कैद कर रखा है और तुम्हें कहीं आने-जाने नहीं देता और न ही किसीको मिलने देता है।"

"यह झूठ है।"

"हो सकता है।" मिसेज़ बतरा ने कहा और वेटर को बुलाया।

"तो उसने मुझे खूब बदनाम किया!"

"उस मसखरे से और क्या आशा की जा सकती थी! अच्छा हुआ कि अब इस संसार में नहीं, वर्ना न मालूम कितने घर तबाह करता।"

"सचमुच अच्छा हुआ।"

"आपकी तारीफ?" मिसेज़ बतरा ने राधा की ओर संकेत किया।

"यह राधा है।" रोमा ने कहा।

"वह तो हैं, लेकिन इसके अतिरिक्त?"

"मेरी पड़ोसिन।"

"इनके पति क्या काम करते हैं?"

"आई० ए० एस० अफसर हैं।" रोमा ने जान-बूझकर कहा ताकि शाम को सतीश को पता चले तो यह न मालूम हो कि रोमा अपनी नौकरानी के साथ क्लब आई थी।

"आपसे मिलकर बड़ी खुशी हुई।" मिसेज़ बतरा ने कहा।

"मुझे भी।" राधा ने धीमे स्वर में कहा। "तुम्हें कैसे पता चला कि मेरे पति ने मुझे कैद कर रखा है?"

"अब यह कोई राज़ नहीं रहा।" मिसेज़ बतरा ने कहा, "सतीश वर्मा अपने घर में पार्टियां देते हैं और तुम उन पार्टियों में सम्मिलित नहीं होती।"

"लेकिन मैं इंडिया में ही न थी।"

"यह झूठ है।"

"फिर किसीने मुझे बाज़ार में देखा है या उस कैदखाने में?"

"बाज़ार में तुम्हें निकलने की आज्ञा नहीं।"

"तो फिर आज यहां कैसे चली आई?"

"मैं स्वयं हैरान हूं।"

"आश्चर्य की क्या बात है! तुमने जो कुछ सुना है वह गलत नहीं हो सकता?" रोमा ने जोश में कहा।

"हो सकता है।"

"अब यदि तुम आज्ञा दो तो हम वह बात पूरी कर लें जो तुम्हारे आने से पहले कर रही थीं।"

"ओह! यह बात है! तुम कोई खास बात कर रही थीं?"

"हां।"

"और इसके लिए क्लब ही उपयुक्त स्थान था?"

"मुझे तुम्हारी सलाह की ज़रूरत नहीं, मैं जहां चाहूं बात कर सकती हूं।" रोमा ने कटु स्वर में कहा। वह जानती थी कि मिसेज़ बतरा आसानी से हटेगी नहीं।

"तो मैं चलती हूं।" कहकर उसने गिलास उठाकर खाली किया और खड़ी हो गई। "अच्छा गुड बाई, फिर भेंट होगी न?"

"अवश्य।"

"कहां?"

"इसी क्लब में।"

"रोज़ आया करोगी?"

"रोज़, लेकिन बोर होने नहीं।"

"इस बदनामी के बाद तुम्हें कोई बोर नहीं करेगा।"

"धन्यवाद।"

मिसेज़ बतरा क्रोध में पैर पटकती हुई चली गई और दूर कोने के मेज़ पर अकेली जा बैठी।

"कौन है? बड़ी बदतमीज़ है!" राधा ने कहा।

"आवारा और कुलटा। इसीलिए इसे सारी स्त्रियां आवारा और कुलटा नज़र आती हैं।"

"लेकिन यह शाम को साहब को बता देगी कि आप यहां दिन में आई थीं और बियर पी रही थीं।"

"बियर की तो कोई बात नहीं, वह जानते हैं मैं पीती हूं; हां, उन्हें मेरा यहां आना अच्छा न लगेगा।"

"फिर आप क्या उत्तर देंगी?"

"उन्होंने मेरे साथ जो करना था वह कर लिया है। अब इससे अधिक ज़ुल्म नहीं ढा सकते। मैंने एक बार उनसे कहा था कि कुत्ते को जो नाम दोगे वह उसके साथ जीवित रहेगा। मुझे जो बदनाम करना था उन्होंने किया। तुमने सुना नहीं कि शेष कसर उस महान पुरुष ने पूरी कर दी। उसने मुझे बदनाम और अपमानित कर डाला। अब मेरी कौन-सी इज़्ज़त बची है जो नीलाम हो जाएगी! पति की दृष्टि में मैं जूती को धूल भी नहीं, समाज में मैं बदनाम और अपमानित हूं। राधा डियर, तुम्हारे सिवा मेरा इस संसार में अब कोई नहीं। तुम ही मेरा जीवन हो। वायदा करो, तुम तो मुझे छोड़कर न जाओगी?" रोमा की आवाज़ कांप रही थी।

"कभी नहीं।"

"तो हम पक्के मित्र हैं?"

"पक्के।"

"बस, मुझे और कुछ नहीं चाहिए। आज इस मित्रता की निशानी में मैं इन

गहनों में से तुम्हें एक हार दूंगी।"

"आपने मुझे बहुत कुछ दिया है अब और नहीं।"

"मित्र, इन्कार नहीं करते, वर्ना दिल टूट जाता है।"

"फिर मैं ले लूंगी।"

"तुम बहुत अच्छी हो।"

"अब चलना चाहिए।"

"चल सकती हूं, लेकिन मेरी प्यास नहीं बुझी। बियर से मुझे घृणा है, लेकिन आज न मालूम क्यों पी ली!"

"तो अब कोठी चलते हैं। रास्ते में व्हिस्की खरीद लेंगे।"

"व्हिस्की तो आज मैं एक दर्जन बोतलें खरीदूंगी। मैं अब हर समय स्टाक रखूंगी, क्योंकि साहब ने अपनी व्हिस्की ताले में बंद कर दी है।"

"इन गहनों का क्या करना है?"

"मुझे साहब पर अब कोई भरोसा नहीं। वह अब मुझे रुपया न देंगे इसलिए गहनों पर भी कब्ज़ा कर सकते हैं। मैंने उनसे पहले स्वयं कब्ज़ा कर लिया। बुरे दिनों में काम आएंगे।"

"बुरे दिन! भगवान न करे बुरे दिन आएं।"

"तुम्हारा विचार है कि मैं और साहब कभी जीवन में दुबारा एक हो जाएंगे?"

"कल के बारे में कौन कह सकता है!"

"नहीं, ऐसा कभी नहीं हो सकता।"

"फिर तो आपको गहने संभालकर रखने चाहिए।"

"हां, शराब की खातिर। मैं इन्हें पहनकर घूम तो सकती नहीं, न ही किसी पार्टी में जा सकती हूं।"

"फ्रैंड!" राधा बोली।

"कहो?"

"साहब ने आपको छोड़ दिया, फिर स्वयं क्या करते हैं?"

"क्लब में औरतों की कमी नहीं। फिर उनके पास धन है और वह औरत खरीद सकते हैं।"

"और आप?"

"मैंने तुम्हें पा लिया है।"

"अच्छा, अब चलना चाहिए।"

"चलो।" रोमा ने वेटर को आवाज़ दी।

वेटर आया तो उसने बिल के लिए कहा।

"मेम साहब, क्षमा कीजिए, आपको जानता न था इसलिए गलती हो गई। आप वाउचर पर हस्ताक्षर कर दें।"

"नहीं, मैं नकद दूंगी।" रोमा ने कहा।

"जैसी आपकी इच्छा।" कहकर वेटर ने बिल बढ़ा दिया।

रोमा ने बिल चुकाया और पांच रुपये का नोट टिप दिया। जवाब में वेटर ने तीन बार थैंक्स किया।

वह चलने लगी तो रोमा बोली, "खैर, यहां आकर दुख नहीं हुआ। कुछ क्षणों के लिए ऐसा लग रहा है कि जीवन अभी है। बीच के वर्ष कभी थे ही नहीं। ऐसा लग रहा था जैसे मैं कल भी क्लब में आई थी और परसों भी।"

'लेकिन एक युग बीत गया है।"

"हां फ्रैंड, एक युग बीत गया है। अब तो बुढ़ापा दरवाज़ा खटखटा रहा है।"

"अभी कहां!"

"बुढ़ापा नहीं तो अधेड़ उम्र तो आ चुकी है। फिर बुढ़ापा दूर नहीं राधा!" रोमा ने गहरा सांस लिया। लेकिन अब मैं जीवित रहना चाहती हूं। मैं घूमा करूंगी, सैर करूंगी, रेस्टोरेंटों में जाऊंगी, पार्क की सैर करूंगी। अब मुझे कोई नहीं रोक सकता। मुझे घुटघुटकर नहीं मरना चाहिए। यदि मरना ही है तो ज़िन्दादिली से मरूंगी।" रोमा की जोश के मारे चाल बदल गई थी।

उन्होंने टैक्सी ली और घर के लिए रवाना हो गईं। रास्ते में व्हिस्की की दुकान पर टैक्सी रुक गई। ड्राइवर को नोट दिए और कहा कि एक दर्जन व्हिस्की की बोतलें खरीद लाए।

सतीश ने उस दिन के बारे में उससे कोई बात न की। उसे शाम को ही पता चल गया था कि रोमा दिन में क्लब आई थी, लेकिन उसने रोमा से बात करना उचित न समझा। लेकिन वह यह न समझ सका कि उसके साथ कौन से आई० ए० एस० की पत्नी थी जो सांवले रंग की थी और जिसके नक्श भी तीखे न थे।

रोमा सतीश की चुप्पी को विस्मृत न कर सकी थी। वह जानती थी कि

सतीश अवसर की तलाश में है और जब भी उसे अवसर मिलेगा, वह उसपर हमला करेगा। वह उससे बदला लेगा और उसे नीचा दिखाएगा। या और ज़ुल्मतोड़ेगा। सतीश की चुप्पी अकारण न थी।

लेकिन अब रोमा इन यातनाओं से दूर निकल चुकी थी। अब उसे इन बातों का डर परेशान न कर सकता था। उसने हर परेशानी को शराब में धो डालना सीख लिया था। दिन निकलता और शराब का जाम उसके हाथ में होता। रात वह नशे की दशा में गिलास में व्हिस्की छोड़कर सो जाती।

कई महीने व्यतीत हो गए। वह फिर कभी क्लब न गई। इसलिए बात दब गई। क्लब वह इसलिए न गई कि वह समझ गई थी कि हर औरत उसके बारे में बातें करना चाहती थी।

नकद रुपया खत्म हो गया था और अब वह गहने बेचकर व्हिस्की खरीदती थी।

एक दिन उसने सुबह को शुरू कर दी। दोपहर को नशे की दशा में थककर सो गई। जब आंख खुली तो शाम उतर आई थी। प्यास से उसका कंठ सूख रहा था। उसने बोतल देखी। उसमें एक पाव व्हिस्की शेष थी। दिन का नशा खत्म हो गया था। उसने एक गिलास बनाया और गटागट पी गई।

कुछ मिनट में उसपर सरूर छा गया। दिन का नशा खत्म हो गया था, बल्कि दब गया था। इस एक गिलास ने उसे जीवित कर डाला था।

गिलास खत्म करके उसने केवलसिंह को पुकारा कि वह बाज़ार से बोतल खरीद लाए, लेकिन केवलसिंह घर में न था।

"कहां गया है?"

"बाज़ार।"

"इस समय?"

"हां, साहब का फोन आया था। उन्होंने कुछ अतिथियों को आमंत्रित किया है। डिनर का सामान लेने गया है।"

"क्या सामान?"

"खाने का। चार मुर्गे, दो सेर मीट और सलाद का सामान।"

"कितने लोग आ रहे हैं?"

"पांच-छः।"

"और मैं प्यास से मर रही हूं।"

"क्या बिलकुल नहीं है?"

"दो-तीन पैग होंगे।"

"इतनी देर में आ जाएगा।"

"बेहतर।" कहकर वह बेडरूम में चली गई और बोतल खाली करने लगी।

एक घण्टे में बोतल खाली हो गई, लेकिन केवलसिंह न आया। वह मछली की भांति तड़पने लगी। व्हिस्की की तलब उसे किसी तरह चैन से न बैठने दे रही थी।

उसने राधा को बुलाया, "केवलसिंह नहीं आया?"

"आ गया है।"

"फिर मेरे पास क्यों नहीं आया?"

"साहब आ गए हैं। उन्होंने हुक्म दिया है कि जल्दी-जल्दी सूखा मीट तैयार करे।"

"तो व्हिस्की की पार्टी हो रही है?"

"हां।"

नीचे पार्टी जारी थी।

"लीजिए मिस्टर सहगल।" सतीश ने प्रौढ़ की ओर व्हिस्की का पैग बढ़ाया।

"हां, तो भूषण का क्या प्रोग्राम है?" सहगल ने पेग थामते हुए पूछा।

"उसने बी०ए० कर लिया है। प्रोग्राम क्या हो सकता है! मैंने सारी जवानी इस फैक्टरी की भेंट कर दी है और इसे आज जिस स्थान पर ले आया हूं वह आपसे छुपा नहीं।"

"मैं जानता हूं।" सहगल ने कहा।

"आप लड़की कब देखेंगे?" मिसेज़ सहगल ने कहा।

"लड़की! लडकी मैंने देख रखी है। क्लब में कई बार आई है और मुझे पसन्द है। भूषण और प्रवीण की जोड़ी खूब रहेगी। यदि मुझे पसन्द न होती तो आपको आज यहां कष्ट न देता।"

"तो सम्बन्ध पक्का समझ?" सहगल ने कहा।

"यदि आपको लड़का पसन्द है तो।" कहकर सतीश ने अपने बेटे को देखा जो लजा गया।

"मिसेज़ वर्मा कहां हैं?" मिसेज़ सहगल बोलीं।

"वह ज़रा बाज़ार गई हैं।" सतीश बोला।

"ओह! तो उनसे कब भेंट होगी? वह तो क्लब भी नहीं आतीं।"

"उन्हें क्लब का जीवन पसन्द नहीं।" सतीश ने कहा।

उसी क्षण कमरे में भूचाल आ गया। रोमा तेज़ी से कमरे में आई। उसने बैठे हुए लोगों पर एक नज़र डाली और फिर जिस वस्तु की तलाश वह कर रही थी उसपर उसकी दृष्टि चली गई।

"है।" उसने बच्चे की भांति खुश होकर कहा, "और मैं दो घण्टे से प्यास से मर रही हूं।" कहकर वह बोतल की ओर बढ़ी।

"रोमा! होश करो!" सतीश ने धीरे से कहा।

"अभी आ जाता है होश। कंठ सूख रहा है। एक खाली गिलास नहीं?" रोमा ने कहा।

"नहीं।" सतीश बोला।

"फिर आपका गिलास कौन-सा है?"

"कोई नहीं।"

"यह तो बुरी बात है। आपने अपनी वार्ड रोब को ताला लगा रखा है। इधर केवलसिंह अतिथियों का डिनर तैयार कर रहा है और मैं प्यास से मर रही हूं। किसीको मेरी चिंता नहीं। कोई मेरा ध्यान नहीं रखता।" कहकर रोमा ने बोतल उठा ली।

"रोमा, इन लोगों से मिलो। ये भूषण का सम्बन्ध लेकर आए हैं।" सतीश ने उसका ध्यान बदलना चाहा।

"भूषण! हमारा इकलौता बेटा है और बहुत नेक है। मैं इसके लिए चांद-सी दुल्हिन लाऊंगी।"

"लेकिन सम्बन्ध तय हो गया है।"

"फिर तो बहुत खुशी की बात है।...गिलास नहीं है?"

"नहीं।"

"अच्छा, मैं बोतल मुंह को लगा लेती हूं।" कहकर उसने बोतल मुंह को लगाई और कई घूंट कंठ से नीचे उतारे।

हर कोई उसे आश्चर्यचकित होकर देख रहा था। वे सब समझ गए थे कि रोमा कौन थी। लेकिन किसीने कुछ न कहा। रोमा को इस तरह व्हिस्की पीते देखकर सहगल के तो होश उड़ गए। खाली शराब पीना आसान नहीं। पक्का

शराबी ही पी सकता है। रोमा की दशा से साफ प्रकट होता था कि जब वह कमरे में आई तो उसने पी रखी थी।

फिर किसीको नमस्ते नहीं की, न ही किसीसे परिचित होना आवश्यक समझा। वह तो बस व्हिस्की की खोज में आई थी।

"रोमा! तुम अपने कमरे में जाओ।"

"मेरे बेटे के विवाह की बात हो रही है और आप मुझे कमरे में भेज रहे हैं! आखिर मैं कब तक उस कमरे में कैद रहूं?"

अब सतीश की दशा शोचनीय थी। वह पत्नी को डांट न सकता था। अब तक वह संयम से काम ले रहा था। संयम खोने से बात बिगड़ सकती थी।

"रोमा! प्लीज अपने कमरे में जाओ। तुम्हारी दशा ठीक नहीं। तुम्हें आराम की आवश्यकता है।" सतीश ने धीरे से कहा।

"मैं यह बोतल ले जा सकती हूं?"

"ले जाओ।" सतीश ने छुटकारा पाने की खातिर कहा।

"बस, फिर ठीक है, आप लोग बातें करें। जब विवाह की तिथि तय हो जाए तो मुझे बता दीजिएगा।" कहकर रोमा बोतल लेकर कमरे से निकल गई और किसीको देखा भी नहीं।

भूषण इस वातावरण में अब बैठना गवारा न कर सका इसलिए वह धीरे से बोला, "डैडी, मैं ज़रा जा रहा हूं।"

"अच्छा।"

भूषण ने सबको हाथ जोड़कर नमस्ते की और कमरे से निकल गया।

"मिस्टर सतीश वर्मा, यह आपकी मिसेज़ थीं?" सहगल ने कहा।

"जी हां। दुर्भाग्य से।"

"मैंने उड़ती खबर सुनी थी कि मिसेज़ सतीश वर्मा बेहद शराब पीती हैं। लेकिन मैं यह समझा कि एक-आध पैग पी लेती होंगी जो सोसाइटी में सभ्य माना जाता है। लेकिन आज इन्हें बोतल को मुंह लगाते देखकर यूं लगा कि वह एक-आध बोतल खाली कर सकती हैं।"

"हो सकता है, मैंने कभी ध्यान नहीं दिया। फिर मिसेज़ वर्मा का भूषण या मुझसे क्या सम्बन्ध हो सकता है!"

"ऐसी बात नहीं। मैं तो यूं ही बात कर रहा था।" सहगल ने कहा।

"आपकी बेटी बहुत खुश रहेगी।"

"इसका मुझे विश्वास है।"

"अच्छा। मैं कमरे से व्हिस्की ले आऊं।"

"नहीं, इसकी आवश्यकता नहीं। मैं दो पैग से अधिक नहीं पीता। और मैंने दो पैग पी लिए हैं।"

"तो मैं अपने लिए ले आऊं!"

"बेहतर।"

सतीश कमरे से निकल गया।

"क्या विचार है?" मिसेज़ सहगल बोली।

"किसके बारे में?" सहगल ने कहा।

"मिसेज़ वर्मा के शराब पीने के बारे में।"

"यह उसकी व्यक्तिगत समस्या है। लड़का नेक है, सुन्दर है और फिर सारी संपत्ति का एकमात्र अधिकारी है। मां शराब पीती है तो पीया करे, हमारी बेटी को तो नहीं सिखाती।"

"लेकिन मैं तो डर रही हूं।"

"तुम्हारा डर निरर्थक है।"

उधर भूषण कमरे से निकला और उसने मां को तलाश करना चाहा। वह उसके बेडरूम की ओर ऊपर बढ़ा तो देखा कि मां जीने में बैठी थी और बोतल मुंह को लगाए हुए थी। उसने भूषण को देखा तो मुस्करा दी।

"तुम!"

"हां ममी। आप यहां क्यों बैठ गई हैं?"

"ज़रा थक गई थी।"

"आइए। मैं आपको सहारा देकर ऊपर ले जाऊं।"

"तुम मेरा दुख जानते हो भूषण?"

"हां ममी। अब मैं बच्चा नहीं।"

"तो तुम्हें मेरे साथ सहानुभूति है? और तुम मुझे बुरा नहीं समझते?" रोमा ने भावुक होकर कहा।

"हां ममी। मैं सब कुछ जानता हूं। मुझे आपके साथ पूरी सहानुभूति है।"

भूषण उसे सहारा देकर बेडरूम तक ले गया। रोमा बेड पर बैठ गई।

"तुम्हारे डैडी शराब को ताले में रखते हैं और मेरी व्हिस्की खत्म हो गई थी। मैंने केवलसिंह से कहा कि बाज़ार से ले आओ। लेकिन वह व्यस्त था। परन्तु मुझे वहां नहीं जाना चाहिए था। मैं ठीक कह रही हूं।"

"आप बेकार में परेशान हो रही हैं।"

"यदि उन्होंने रिश्ता करने से इन्कार कर दिया, तो?"

"ममी, मैं लाखों की संपत्ति का इकलौता वारिस हूं, मुझे एक नहीं एक हज़ार लड़कियां मिल सकती हैं; और जो मेरी ममी को बुरा कहते हैं वहां मैं विवाह नहीं करूंगा।"

"ओह! इतना प्यार है मुझसे?" कहते-कहते रोमा की आंखें मुंद आईं।

"ममी, आपको नींद आ रही है! राधा से कहूं खाना ले आए?"

"मैं रात को खाना नहीं खाती मेरे लाल। व्हिस्की पीकर सो जाती हूं। व्हिस्की सब जुल्म भुला देती है।" कहकर वह लेट गई। भूषण ने उसके हाथ से बोतल ले ली।

उस रात सतीश ने जिस प्रकार स्वयं पर संयम किया यह वही जानता था। वह तो कुशल थी कि सहगल ने सम्बन्ध करने से इन्कार न किया। यदि वह इन्कार न कर देता तो आवश्यक था कि क्रोध रोमा पर उतरता।

लेकिन सतीश अब समझ गया था कि रोमा की मदिरापान की आदत हद से अधिक बढ़ गई थी। वह ब्लैकमेल कर सकती थी। किसी भी महफिल को भंग कर सकती थी और उसको बदनाम और लांछित ही नहीं बल्कि अपमानित भी कर सकती थी।

वह यह निर्णय न कर सका कि रोमा को शराब से कैसे दूर रखे। शराब अब वह पानी की भांति पीती और नशे में कुछ भी कर सकती थी और कुछ भी कह सकती थी। नशे की दशा में वह हर गलत कदम उठा सकती थी।

उस रात तो बोतल लेकर वह कमरे से निकल गई थी, लेकिन अगली बार वह बैठने की ज़िद कर सकती थी। फिर वह अपमान कैसे सहन कर सकेगा!

सुबह वह उठा तो उसने फैसला किया कि रोमा से बात करेगा। आज उसे आभास हो रहा था कि उसने तलाक न देकर बहुत बड़ी गलती की थी। उसने तो

यही समझा था कि उसने रोमा को एक कमरे में कैद कर रखा है, लेकिन रोमा को वह अब काबू में न रख सकता था। एक दिन वह क्लब चली गई थी और रात पार्टी में आ गई थी और किस तरह उसने बोतल ही मुंह को लगा ली थी!

वह अपने बेडरूम से निकला तो राधा मिली।

"मेम साहब क्या कर रही हैं?"

"सो रही हैं।"

"इस समय तक?" सतीश का माथा ठनका।

"जी हां।"

"तुमने जगाया था?"

"मैंने केवल तीन-चार बार पुकारा था। शरीर को हाथ नहीं लगाया।"

"चलो मेरे साथ।" कहकर सतीश ऊपर की ओर बढ़ा। कहीं रोमा ने अधिक शराब तो नहीं पी ली! उसके मस्तिष्क में केवल एक ही विचार था। राधा उसके पीछे-पीछे आ रही थी। वह कमरे में प्रविष्ट हुए। सतीश ने पुकारा, "रोमा! रोमा!" लेकिन कोई उत्तर न मिला। उसने उसे हिलाया नहीं लेकिन रोमा ने आंखें न खोलीं।

"मेरा विचार है डाक्टर को बुला लें।" राधा ने कहा।

"डाक्टर?"

"जी हां।"

"लेकिन इसके मंह से शराब की बू आ रही है।"

"अब यह किससे छुपा है! रात कितनी भी पी लें लेकिन सुबह इस समय तक जागकर स्नान कर लेती हैं। मुझे डर लग रहा है। आप डाक्टर को फोन करके बुला लें।"

"बेहतर।" कहकर सतीश फोन करने चला गया। वह लौटा तो उसने कहा, "डाक्टर कपूर पन्द्रह मिनट में आ रहे हैं।"

"भगवान कुशल रखें।"

"भगवान कुशल रखें और इस औरत ने मेरा जीवन नष्ट कर डाला है! मुझे कहीं का नहीं रखा। रात भूषण के सम्बन्ध की बात हो रही थी। और यह नशे की दशा में पहुंच गई वहां और बोतल मुंह को लगा ली।"

"साहब, आप इनकी गलती क्षमा कर सकते थे। आपके व्यवहार ने इन्हें शराबी बना डाला।"

"यह तुम कह रही हो?" सतीश ने गरजकर कहा।

"साहब, आप क्रोध न करें। हमने इस घर का वर्षों से नमक खाया है और जो कुछ हुआ है हमसे छुपा नहीं।"

"शायद डाक्टर आया है।" सतीश ने कहा, "उसे यहां ले आओ।"

राधा डाक्टर को ले आई।

"हैलो वर्मा! क्या चक्कर है?" कपूर ने कहा।

"मिसेज़ वर्मा होश में नहीं।"

"मैं अभी देखता हूं।" कहकर वह जांच करने लगा, "इन्होंने तो पी रखी है!"

"शायद।"

"और बहुत अधिक। मैंने सुना तो था लेकिन यह नहीं जानता था कि इतनी मात्रा में पीती हैं।" कहकर वह आंखें खोलकर देखने लगा। उसके बाद वह पेट देखने लगा। पांच मिनट बाद वह खड़ा हो गया। "हूं।" डाक्टर ने गहरा सांस लिया।

"क्यों डाक्टर?"

"जिगर बहुत बढ़ गया है। क्या कभी खून की उल्टी भी की थी?"

"मेरे सामने तो नहीं। राधा, तुम्हें मालूम है?"

"मैंने कभी नहीं देखा।" राधा ने कहा।

"इनकी दशा तो ऐसी है कि इन्हें नर्सिंग होम में ले जाना चाहिए। इन्हें पूर्ण रूप से इलाज की आवश्यकता है।"

"नर्सिंग होम?"

"हां, मिस्टर वर्मा। और इनको शराब की एक बूंद न दी जाए। जिगर इतना बढ़ गया है कि यदि शराब न रोकी गई तो जीवन को खतरा है।"

"इस सूरत में इलाज यहीं होगा।"

"यह तुम्हारा अन्तिम फैसला है?"

"हां।"

"तो मैं क्या कह सकता हूं।"

"अब क्या कर रहे हो?"

"अब तो मैं टीका लगा देता हूं। लेकिन इनके फेफड़ों का एक्स-रे ज़रूरी है।"

"टीका किस चीज़ का है?"

"नींद का।"

"लेकिन वह तो सो रही है।"

"सो नहीं रहीं, शराब के नशे में हैं। टीके से नींद आएगी और चार-पांच घंटे के बाद जाग जाएंगी। उस समय इन्हें कॉफी देना। क्योंकि सिर फट रहा होगा।"

"सुन लिया राधा?"

"जी।"

"शराब बिलकुल बन्द।"

"बेहतर।"

डाक्टर कपूर ने टीका लगा दिया और बैग समेटने लगा, "मिस्टर वर्मा, मैं फिर कहता हूं कि इन्हें नर्सिंग होम की ज़रूरत है।"

"मेरी पहले ही बहुत बदनामी हो चुकी है। नर्सिंग होम भेजकर मैं और बदनामी नहीं समेट सकता। जब तक ज़रूरत है, आप दिन में एक बार या दो बार आ जाया करें।"

"मैं तो आ जाया करूंगा लेकिन शराब यहां इनसे दूर नहीं। और इन्हें शराब से दूर रखना ज़रूरी है, और वह केवल नर्सिंग होम में हो सकता है।"

"यह नर्सिंग होम नहीं जाएगी यह मेरा अन्तिम फैसला है।"

"तो मैं विवश हूं। मैं बहस नहीं करता। मैं एक डाक्टर हूं और अपना कर्तव्य निभा रहा हूं। मैं शाम छः बजे आकर देख जाऊंगा।"

"क्या उस समय तक होश में आ जाएगी?" सतीश ने पूछा।

"हां, लेकिन इन्हें फौरन कॉफी देना बल्कि बिना दूध के, यानी ब्लैक कॉफी।"

"राधा! सून लिया?" सतीश राधा से सम्बोधित हुआ।

"जी साहब।"

"अच्छा अब मैं चलता हूं, लेकिन जाने से पहले एक बार फिर कहूंगा कि इनकी शराब के बारे में कुछ करना पड़ेगा। ज़िगर की जो दशा हो चुकी है वह काफी चिन्ताजनक है।"

"मैं जानता हूं, तुम इलाज कर सकते हो।"

"वह ठीक है, लेकिन शराब से दूर रखना पड़ेगा।"

"वह मैं देख लूंगा।"

"तो मैं चलता हं।" कहकर डाक्टर कपूर चला गया।

"राधा, मेम साहब पर आज से निगरानी रखना आवश्यक है। इसे शराब

न दी जाए। वैसे कौन लाकर देता है?"

"कभी स्वयं ही ले आती हैं और कभी केवलसिंह।"

"केवलसिंह को मैं मना कर दूंगा और इन्हें तुम बाहर न जाने देना।"

"साहब, इनका हाथ पकड़कर तो न रोक सकूंगी।"

"फिर भी कोशिश करना। तुमने सुना नहीं कि डाक्टर ने क्या कहा है कि शराब इनकी जान ले सकती है!"

"जी, मैंने सुन लिया है।"

"अब इसकी निगरानी करना तुम्हारा कर्तव्य है।...जानती हो इसने रात नशे की दशा में क्या किया!"

"क्या किया?"

वे लोग भूषण के रिश्ते के लिए आए थे और यह नशे की हालत में वहीं पहुंच गई और बोतल उठाकर मुंह को लगा ली। फिर बोतल उठाकर ले आई। अव बताओ उनपर क्या प्रभाव पड़ेगा!" सतीश ने हाथ मलते हुए कहा।

"वह तो ठीक है, ऐसा नहीं करना चाहिए था। लेकिन साहब, आप बुरा न मानें तो मैं एक बात कहूं।"

"कहो!"

"अब आपको भी क्रोध कम कर देना चाहिए। आपने बहुत वर्ष क्रोध किया है।"

"और जो इसने किया था?"

"वह भूल थी। लेकिन ऐसी कड़ी सज़ा न देनी चाहिए थी। पहले पांच वर्ष तो मेम साहब इस आशा पर जीवित रही कि आप क्षमा कर देंगे। शराब तो फिर शुरू की।"

"खैर, मेरे पास इन बातों का उत्तर नहीं। मुझे फैक्टरी पहुंचना है। तुम निगरानी रखना।"

"वह तो मेरा कर्तव्य है। मैंने वर्षों से इस घर का नमक खाया है।"

"जब नींद खुले तो ब्लैक कॉफी देना।"

"जी।"

सतीश फैक्टरी चला गया और राधा नीचे चली गई।

"केवलसिंह?" राधा ने कहा।

"कहो।"

"आज डाक्टर आया था।"

"मैं जानता हूं। मेम साहब का क्या हाल है?"

"टीका लगाया है। अब शाम तक सोती रहेंगी। लेकिन जानते हो उसने क्या कहा?"

"क्या?"

"मेम साहब की जान खतरे में है। साहब ने हक्म दिया है कि अब तुम शराब खरीदकर न लाना।"

"मैं नहीं लाऊंगा, लेकिन इससे क्या अन्तर पड़ता है!"

"क्यों?"

"वह स्वयं चली जाएंगी। अब वह शराब के बिना जीवित नहीं रह सकतीं।"

"और शराब इनकी मौत का कारण हो सकती है।"

"लेकिन तुम नहीं जानती हो, शराबी बहुत जिद्दी होते हैं। वह मर जाएंगी लेकिन शराब नहीं छोड़ेंगी।"

"अब हमें निगरानी करनी पड़ेगी।"

"नौकर मालिक की निगरानी नहीं कर सकते। वह मर्जी की मालिक हैं। हमें डांट देंगी।"

"फिर क्या किया जाए?"

"अब कुछ नहीं हो सकता। अब मेम साहब को कोई नहीं रोक सकता। केवल एक बात उन्हें शराब से दुर कर सकती है।"

"कौन-सी?"

"साहब का प्यार।"

"जो वह कभी न देंगे।"

"तो मेम साहब शराब न छोड़ेंगी।"

रोमा की आंख खुली तो उसे समझ में न आया कि वह कहां है। उसने कमरे का निरीक्षण किया और उसे यह विश्वास करने में दो मिनट लगे कि वह अपने कमरे में है। जब उसे विश्वास आ गया तो उसने घड़ी देखी।

"पौने पांच!" वह बड़बड़ाई, "लेकिन बाहर तो रोशनी है, यह सुबह के पौने पांच हैं या शाम के!"

उसने उठने की चेष्टा की तो वह उठ न सकी। बड़ी मुश्किल से उठकर वह पलंग पर ही बैठ गई। क्या वह तमाम दिन सोती रही थी? उसने अपने-आपसे प्रश्न किया।

उसका कंठ सूख रहा था। सारा शरीर बुरी तरह टूट रहा था। बेड के पास पानी की सुराही पड़ी थी। उसने कांच की सुराही से गिलास भरा और उसे खाली कर दिया।

यह उसके सिर को क्या हो रहा है? कहीं से एस्प्रो मिल जाए तो यह सिरदर्द दूर हो जाए।

उसने रात की घटनाओं की कड़ियां जोड़नी चाहीं। वह इस कमरे में थी और व्हिस्की खत्म हो गई थी। फिर क्या हुआ? आगे बिलकुल अंधेरा था। मस्तिष्क अब साथ न दे रहा था कि फिर क्या हुआ! और वह सारा दिन सोती कैसे रही!

साहस करके वह उठी और बरामदे में जाकर राधा को आवाज़ दी।

"जी, आई।" राधा नीचे से बोली।

राधा को उठने में न मालूम क्यों देर हो रही थी। उसने एक दर्जन गालियां दीं। उसका सिर फट रहा था। शरीर टूट रहा था और यह राधा 'अभी आई' कहकर कहां मर गई थी!

आखिर राधा आई तो उसके हाथ में कप-सॉसर था।

"यह क्या है?"

"ब्लैक कॉफी।"

"क्या कहा?"

"ब्लैक कॉफी।"

"किसने मांगी थी?"

"डाक्टर का हुक्म है।"

"डाक्टर! कौन डाक्टर?"

"कपूर साहब।"

"वह यहां क्या करने आए थे?"

"मैं आपके सवालों का उत्तर बाद में दूंगी, पहले आप कॉफी पी लें।"

"मुझे इसकी ज़रूरत नहीं, शराब कहां हैं?"

"शराब की एक बूंद भी नहीं।"

"फिर केवलसिंह को भेजा क्यों नहीं?"

"आप पहले कॉफी पी लें, यह ज़रूरी है।"

"क्यों ज़रूरी है?"

"डाक्टर ने कहा था कि आप जैसे ही जागें, आपको कॉफी दी जाए। उन्होंने टीका लगाया था और कहा था कि आप जब जागेंगी तो सिर की बुरी हालत होगी।"

"बुरी हालत! मेरा सिर फट रहा है और शरीर के टुकड़े हो रहे हैं।" रोमा ने कहा।

"कॉफी पी लें, आप ठीक हो जाएंगी।"

"मेरे सिरदर्द का इलाज कॉफी नहीं, शराब है। शराब लाओ।"

"वह तो है नहीं।"

"तो केवलसिंह से कहो टैक्सी में जाए।"

"आप पहले कॉफी पी लें।"

"फिर वही कॉफी!"

"डाक्टर ने कहा था।"

"वह क्यों आया था?"

"मैं सब बता दूंगी, पहले आप कॉफी पी लें। आखिर आप मेरी मित्न हैं। क्या मित्न की बात नहीं मानते?"

"अजीब दोस्ती है! अच्छा लाओ।"

"लीजिए।"

रोमा कॉफी पीने लगी। जब उसने आधा कप खाली कर दिया तो उसे पता चला कि उसके शरीर में ताकत आ रही थी।

"यह डाक्टर कपूर कब आया था?"

"सुबह दस बजे।"

"किसने बुलाया था?"

"साहब ने।"

"साहब ने? वह यहां आए थे?"

"जी हां, आपको मिलने। और इससे पहले मैं दो बार हो गई थी। मैंने आपको कई बार पुकारा लेकिन आप बोलीं नहीं। फिर साहब आए और उन्होंने आपको पुकारा और हिलाया।"

"साहब ने मुझे पुकारा और मेरे शरीर को हिलाया?"

"जी हां।"

"ओह! मेरा विचार था वह केवल मेरे मरने के बाद इस कमरे में आएंगे। तो वह यहां आए थे?"

"और जब आपकी हालत देखी तो घबरा गए। उन्होंने फौरन डाक्टर को फोन किया। डाक्टर ने आपकी जांच की। पता चला..."

"क्या पता चला?"

"आपका जिगर बढ़ गया है।"

"इससे क्या अन्तर पड़ता है?"

"आपका जिगर इतना खराब हो गया है कि उसने कहा है, आपको नर्सिंग होम में दाखिल कर देना चाहिए।"

"नर्सिंग होम! मैं बीमार नहीं।"

"लेकिन आप हैं।"

"डाक्टर पागल है। मेरा इलाज नर्सिंग होम नहीं, व्हिस्की है। केवलसिंह से कहो जाकर व्हिस्की लाए।"

"अभी कहती हूं।"

"और साहब ने क्या कहा?"

"साहब ने कहा कि इलाज यहीं होगा, नर्सिंग होम में नहीं। अब छः बजे फिर डाक्टर आ रहा है।"

"क्या करने?"

"आपको देखने।"

"वह क्या करेगा?"

"आप जानती हैं रात क्या हुआ?"

"नहीं।"

"कुछ भी याद नहीं?"

"बस इतना याद है कि मैं कमरे में पी रही थी।"

"फिर क्या हुआ?"

"कुछ याद नहीं।"

"नीचे छोटे साहब के रिश्ते की बात हो रही थी। लड़की वाले आए थे। और वहां पार्टी हो रही थी।"

"भूषण के रिश्ते की बात?"

"जी हां।"

"फिर क्या हुआ?"

"वह तो साहब ने बताया नहीं। हां, आप उस कमरे में चली गईं।" राधा ने धीरे से कहा।

"मैं वहां चली गई? मुझे क्या ज़रूरत थी?"

"आपकी व्हिस्की खत्म हो गई थी। और आपने वहां पहुंचकर बोतल उठाकर मुंह को लगा ली। साहब घबरा गए। आपने ज़िद की कि आप बोतल चाहती हैं। साहब ने कहा—ले जाओ।"

"ओह भगवान! वहां रिश्ते की बात हो रही थी?"

"जी हां!"

"और मैं बोतल लेने चली गई?"

"जी हां।"

"फिर क्या हुआ?"

"फिर आप ज़ीने में बैठ गईं। आप चल भी न सकती थीं। मैं आपको सहारा देकर ऊपर लाने की सोच रही थी कि इतने में छोटे साहब आ गए और वह आपको सहारा देकर यहां लाए और सुबह आप जाग ही नहीं रही थीं।"

"मुझे कुछ याद नहीं।"

"मेम साहब! आपको शराब छोड़नी पड़ेगी।"

"यह मेम साहब क्या होता है?"

"दोस्त सही।"

"व्हिस्की क्यों छोड़नी पड़ेगी?"

"इसलिए कि अब आपको कुछ याद नहीं रहता।"

"यह तो मामूली बात है।"

"लेकिन रात जो हुआ, आप ऐसी ही बात फिर कर सकती हैं।"

"तो इसमें मेरा क्या दोष है?"

"लेकिन छोटे साहब पर क्या असर पड़ेगा?"

"क्या लड़की वालों ने इन्कार कर दिया है?"

"मैं कह नहीं सकती।"

"करेंगे तो मैं दस लड़कियां ढूंढ़ लूंगी। वह लाखों की संपत्ति का एकमात्र

वारिस है। मेरा जीवन तबाह हुआ। मैं उसका जीवन तबाह न होने दूंगी।"

"यही तो मैं कहती हूं। और इसके लिए आपको शराब छोड़नी पड़ेगी।" राधा ने कहा।

"वह नहीं छूट सकती। मैं अपने कमरे में बैठकर पीती हूं।"

"लेकिन रात आप नीचे चली गईं। वे लोग क्या सोचते होंगे कि लड़के की मां क्या कर रही है।"

"जहन्नुम में जाएं वे। मुझे किसीकी चिंता नहीं। जब मेरी किसीने चिंता नहीं की तो अब मैं क्यों चिंता करूं! केवलसिंह से कहो जाकर व्हिस्की लाए।"

"वह नहीं लाएगा।"

"क्यों?"

"साहब ने उसे मना कर दिया है।"

"तो तुम ला दो।"

"मैं भी नहीं ला सकती।"

"तुम्हें भी साहब ने मना किया है?"

"नहीं, लेकिन मैं आपको जीवित देखना चाहती हूं।"

"मैं जीवित कब थी?"

"लेकिन यह आत्महत्या है।"

"और यह तुम्हारी दोस्ती है?"

"आप कुछ भी कहें!"

"मैं कुछ नहीं कहती। तुम जा सकती हो। मुझे किसीकी आवश्यकता नहीं। अब मैं स्नान करना चाहती हूं।"

"मैं नहला दूं?"

"मैं आप ही नहा लूंगी। तुम जा सकती हो।"

राधा चली गई और रोमा स्नानगृह में चली गई।

स्नान ने उसे नई स्फूर्ति दी। शरीर हलका हो गया। सिरदर्द भी कम हो गया।

बाहर आकर उसने बाल संवारे, मेकअप किया और कपड़े पहनकर तैयार हो गई।

"तो इस घर में मेरे लिए शराब नहीं। और अब डाक्टर आ रहा है। हूं।" वह बड़बड़ाई। उसने पर्स उठाया। उसमें सौ रुपये और डाले और नीचे चली गई।

उसने किसी नौकर को सूचित करना उचित न समझा। चोरों की भांति वह कोठी से निकल गई।

टैक्सी पकड़कर वह भीतर बैठ गई।

"कहां?"

"एक मिनट। मैं तनिक सोच रही हूं।" रोमा ने कहा। वह घर से यह सोचकर नहीं निकली थी कि उसे कहां जाना है! अब यह प्रश्न उसे परेशान कर रहा था। क्लब? उसने मन ही मन कहा। नहीं, वह क्लब नहीं जाएगी। फिर कहां जाए? रीटा। उसके मस्तिष्क ने कहा। रीटा उसकी कालेज की सहेली थी। वह आज शाम रीटा के यहां गुज़ारेगी। "पहले कनाट प्लेस चलो।"

"जी।" ड्राइवर ने कहा और गाड़ी बढ़ा दी।

वह कनाट प्लेस से व्हिस्की की बोतल खरीदेगी और वहां से रीटा के यहां जाएगी। आज वह जी भरकर बातें करना चाहती थी और उसे एक हमदर्द की ज़रूरत थी।

उसने ऐसा ही किया। कनाट प्लेस पहुंचकर उसने ड्राइवर को व्हिस्की लाने के लिए न कहा, बल्कि स्वयं ही दुकान के भीतर चली गई। जब वह बोतल लेकर टैक्सी में बैठ गई तो ड्राइवर ने उसे आईने में देखा।

"अब कहां चलना है?"

रोमा ने जगह बता दी।

"वहां किसीसे मिलना है?"

"तुम्हें इससे क्या? गाड़ी चलाओ।" रोमा ने रोबदार स्वर में कहा।

ड्राइवर चुप हो गया।

रीटा की कोठी पर उसने टैक्सी छोड़ दी।

"मैं प्रतीक्षा करूं?" ड्राइवर ने प्रश्न किया।

"नहीं, तुम जा सकते हो। और भविष्य में किसी मुसाफिर से कभी न पूछना कि उसे किससे मिलना है!"

ड्राइवर जवाब में मुस्करा दिया।

रीटा उसे गले मिली जैसे बिछुड़ी हुई सहेलियां मिलती हैं। मिलन में उत्साह था और रोमा यही चाहती थी।

"आओ, ऊपर बैठते हैं।"

"तुम्हारे पतिदेव कब लौटेंगे?"

"उनका कुछ पता नहीं। क्लब में रमी खेलने बैठ गए तो रात के ग्यारह बजे लौटेंगे।"

"बस फिर ठीक है।"

"क्या ठीक है?"

"मैं तुम्हारे साथ बातें करने आई हूं और हम शांति से बातें करेंगी।"

"यह तुम्हारे हाथ में क्या है?"

"बोतल।"

"शर्बत की?"

"नहीं"

"फिर?"

"व्हिस्की है।"

"ओह! तो मैंने ठीक सुना था।"

"रीटा, यदि तुम बोर करोगी तो मैं चली जाऊंगी।"

"बिलकुल नहीं। तुम्हारी खुशी मेरी खुशी है।" वह ज़ीना चढ़ते हुए बातें कर रही थीं।

रीटा अपने बेडरूम में चली गई।

"बोलो, क्या पिओगी?" रीटा ने प्रश्न किया, "गर्म या ठंडा?"

"मैं व्हिस्की पिऊंगी। एक गिलास और पानी के जग का प्रबन्ध कर दो।"

"वह सामने पड़े हैं।"

रोमा बेताबी से गिलास और सुराही की ओर बढ़ी। उसने बोतल का लिफाफा उतारा। बोतल खोली। आधा गिलास व्हिस्की से भरा। थोड़ा-सा पानी डाला और मुंह को लगाकर खाली कर दिया। फिर उसने दूसरा गिलास बनाया।

"मैं बहुत प्यासी थी। कंठ सूख रहा था। लेकिन अब मैं धीरे-धीरे पिऊंगी।"

"जैसी तुम्हारी इच्छा।"

"क्या तुम भी पीती हो?"

"कभी नहीं पी?"

"एक बार शौक से पी थी। वह भी केवल दो चमचे।"

"चमचे! भला चमचे से व्हिस्की पी जाती है!" रोमा ने हंसकर कहा।

"रोमा! तुम तो बिलकुल नहीं बदली हो। वही शरीर, वही सुन्दरता। इसका रहस्य क्या है?"

"ब्रह्मचर्य।" रोमा ने हंसकर कहा।

"तुम पालन कर रही हो या सतीश?"

"मैं। उसे तो हर रोज़ नई लड़की मिल जाती है। मुझे सज़ा दी गई है, जो मैं भुगत रही हूं।"

"कितने वर्ष हो गए?"

"अब तो याद नहीं। शायद दस-ग्यारह या हो सकता है बारह वर्ष हो गए हों।"

"इतना ज़ुल्म?"

"हां। मैं नहीं जानती थी कि सतीश इतना ज़ुल्म ढा सकता है और वह भी एक मामूली भूल पर।"

"लेकिन तुमने सबको मिलना-जुलना क्यों बन्द कर दिया था? मैंने कई बार तुम्हारे यहां फोन किया। भाग्य से सतीश ने उठाया और हर बार यही कहा कि तुम शॉपिंग के लिए गई हो।"

"और तुम सुनकर हैरान होगी कि बारह वर्ष में मैं तीन-चार बार घर से बाहर निकली हूं।"

रोमा ने गिलास खाली कर दिया।

"तुम्हें ऐसा नहीं करना चाहिए था।"

"फिर क्या करती! एक बार क्लब गई। वह भी दिन में। तब भी बातें सुननी पड़ी।"

"और तुमने स्वयं को एक कमरे में बन्द कर डाला!"

"क्या कर सकती थी?"

"यही तुम्हारी भूल थी। क्लब तो वह जगह है जिसमें सब नंगे हैं। हर स्त्री और हर पुरुष के साथ कहानियां संबंधित हैं। लोग दो-चार दिन बातें करते हैं और फिर भूल जाते हैं। तुम्हें स्वयं को इस तरह छुपाना न चाहिए था।"

"मेरी इसीमें भलाई थी।"

"और इस भलाई की खातिर तुमने सबको ठुकरा दिया और व्हिस्की को अपना लिया!...मैंने क्लब में सुना था कि तुम बहुत ज़्यादा पीने लगी हो। लेकिन इससे तो स्वास्थ्य बिगड़ सकता है।"

"स्वास्थ्य की बात न करो।"

"क्यों?"

"मैं इसीलिए भागकर यहां आई हूं। रात मैंने बहुत अधिक पी ली और सुबह उठ न सकी। डाक्टर बुलाया गया। उसने कहा कि मेरा जिगर बढ़ गया है। मुझे टीका लगाकर चला गया और कह गया कि मुझे नर्सिंग होम में दाखिल करा दिया जाए। मैं बीमार नहीं जो नर्सिंग होम जाऊं। छः बजे वह मुझे देखने आ रहा था और मैं कोठी से चोरों की भांति भाग आई।"

"और इस तरह चोरों की भांति कब तक भागती रहोगी?"

"जब तक मुझे व्हिस्की मिलती रहेगी। मैंने तमाम गम, दुखदर्द, सितम, बेरुखी और दुर्व्यवहार इसमें डुबो दिए हैं। अब यह मेरी सबसे प्यारी सहेली है।"

"सुना है, तुम्हारा वह प्रेमी तो एक दुर्घटना में मर गया।"

"अच्छा हुआ।"

"यह तुम अपने प्रेमी के लिए कह रही हो!"

"वह मेरा प्रेमी न था।"

"फिर?"

"सेक्स।"

"और इस सेक्स ने तुम्हारा जीवन नष्ट कर डाला!"

"सेक्स ने नहीं, एक बददिमाग पति ने, जिसने सज़ा दी लेकिन सजा की अवधि निश्चित न की। अब वह मेरा इलाज कराना चाहता है। मुझे जीवित रखकर और सज़ा देना चाहता है। लेकिन अब मैं जीवित न रहूंगी।"

"रोमा, ऐसी बात न करो।"

"रीटा, यह सत्य है। शराब ने कितने लाख इन्सानों की जान ली है। और अब मैं भी उनमें से एक हूंगी।"

"रोमा! भगवान के लिए मौत की बातें न करो।"

"अच्छा, नहीं करती। लेकिन यह बताओ, जो सज़ा मुझे मिली है क्या मैं उसकी हकदार थी? मुझे जिस तरह ठुकराया गया, मुझसे घृणा की गई, उससे तो बेहतर था कि मुझे तलाक मिल जाता। मैं अपना जीवन बना लेती।"

"तो लिया क्यों नहीं?"

"यही मेरी भूल थी। मैं भावावेश में बह गई। मुझे भूषण से प्यार था। मैं

उसे छोड़ न सकती थी और अब पता चला कि बच्चों से केवल उस समय तक प्यार होता है जब तक वे बच्चे होते हैं। जब बड़े हो जाते हैं तो वे स्वावलंबी हो जाते हैं। फिर इस किस्म की बातें रह जाती हैं—हैलो ममी।" रोमा ने गिलास खत्म किया।

"रोमा! तुम बहुत तेज़ी से पी रही हो। आधे घण्टे में तुमने चार गिलास खाली किए हैं।"

"और मेरी प्यास इसी तरह खत्म होती है।"

"कितनी पी जाती हो?"

"यह बोतल खाली कर सकती हूं।"

"ओह भगवान!"

गिलास बनते रहे, खाली होते रहे और बोतल अपनी जगह खाली होती रही। कालेज का जीवन, विवाह, बच्चे, क्लब, न मालूम कौन-कौन-सा विषय बातों का माध्यम बना रहा।

व्हिस्की समय को तेज कर देती है। साढ़े दस बज गए। लेकिन बातों में पता न चला।

"साढ़े दस! मैं तुम्हारे खाने के लिए कहती हूं।"

"नहीं रीटा। मैं खाना नहीं खाया करती।"

"फिर तो यह जिगर को जला देगी।"

"जल...जाने...दो।" अब रोमा से बात न हो रही थी। "मैं बाथरूम जाना चाहती हूं।"

"इधर है।"

रोमा उठी तो कुर्सी पकड़कर खड़ी हो गई।

"क्या चल सकती हो?"

"क्यों नहीं! मैं दौड़ सकती हूं।" रोमा ने कहा और चलने की कोशिश की। लेकिन उससे चला न जा रहा था। बड़ी मुश्किल से वह बाथरूम तक पहुंची।

पांच मिनट...सात मिनट...दस मिनट...बारह मिनट गुज़र गए और रोमा न लौटी तो रीटा घबरा गई। उसने बाथरूम के बाहर खड़े होकर उसे पुकारा :

"रोमा! रोमा!"

"हां।" रोमा की आवाज़ आई।

"तुम ठीक हो?"

"हां।"

"तो बाहर आओ। वहां क्या कर रही हो?"

"बाहर? अच्छा आती हूं।" कहकर वह बड़ी मुश्किल से बाहर आई।

"बड़ी देर लगा दी!"

"मुझे तो नींद आने लगी थी।"

"अब तुम घर कैसे जाओगी? मेरा विचार है तुम यहीं सो जाओ।"

"ओह नहीं! मैं घर जा सकती हूं।" रोमा ने एक-एक शब्द रुक-रुककर कहा, "अभी व्हिस्की शेष है।"

बोतल में पाव-भर व्हिस्की शेष थी।

"रोमा! अब बस करो। तुम्हारी दशा ठीक नहीं।"

"तुम डर गई हो! मैं बिलकुल ठीक हूं। बस एक पैग और पिऊंगी। फिर चली जाऊंगी।"

"क्या तुम जा सकोगी?"

"बिलकुल। मुझे कौन कुछ कह सकता है! बस नौकर को भेजकर टैक्सी मंगा दो।"

"थोड़ी देर रुक जाओ। मेरे पति आ जाएं, वह तुम्हें कार में छोड़ आएंगे।"

"नहीं। मैं उन्हें इस दशा में नहीं मिल सकती।" कहकर उसने गिलास खाली किया। "अच्छा रीटा, तुमसे मिलकर बहुत खुशी हुई। मेरी शाम बहुत रंगीन रही। हमने बहुत बातें कीं। कहकर वह चलने लगी लेकिन उसके कदम डगमगा गए।

"रोमा! तुम रुक जाओ।"

"ओह नहीं। यह तो यूं ही हो गया है। मैं होश में हूं। टैक्सी आ गई है?"

"नीचे चलते हैं। स्टैंड निकट ही है। या ठहरो मैं फोन करके मंगा लेती हूं।"

"हां, फोन कर दो। अब मैं रुक नहीं सकती।"

रीटा ने फोन किया और टैक्सी तीन मिनट में आ गई। उसने हॉर्न की आवाज़ सुनकर कहा, "रोमा, तुम्हारी टैक्सी आ गई।"

"आ गई तो मैं चलती हूं।"

"रोमा! एक बार फिर सोच लो। क्या तुम ठीक दशा में हो?"

"मैं बिलकुल ठीक हूं। गुड नाइट।" उसने कहा और चलने लगी। लेकिन उसके कदम लड़खड़ा रहे थे। रीटा ने उसे सहारा देना चाहा तो वह बोली, "अरे

मैं चल सकती हूं।"

जोश में वह नीचे तक पहुंच गई और उसी जोश में टैक्सी में बैठ गई। "चलो।" उसने ड्राइवर को हुक्म दिया।

"जी।" कहकर ड्राइवर ने टैक्सी स्टार्ट कर दी। लेकिन वह समझ गया कि रोमा की दशा ठीक न थी।

कुछ मीटर जाने के बाद ड्राइवर ने पूछा, "कहां जाना है?"

"घर।"

"कहां है घर?"

"क्या तुम नहीं जानते?" खुली हवा लगने से नशा तेज़ हो गया। रोमा की आंखें बन्द हो गईं।

"मैं जानता हूं, लेकिन आप बता दें।"

"मुझे नींद आ रही है।"

'ओह भगवान!' ड्राइवर ने दिल में कहा, 'टैक्सी स्टैंड से गई थी। जिसने उसे बिठाया था उसने कहीं नम्बर न नोट कर लिया हो।'

"मेम साहब, सोइए नहीं।"

"मुझे सोने दो।"

"लेकिन आपको जाना कहां है?"

"कहा तो है, घर।"

"फिर ठीक है। आपको घर ही पहुंचा दूंगा।" ड्राइवर ने सोचा कि उसे कहां ले जाए।

रास्ते में उसने एक स्टैंड पर टैक्सी रोकी जहां उसके दो मित्र मिल गए। "अरे आओ, आज तो जश्न का दिन है।" ड्राइवर ने कहा।

"जश्न का दिन?"

"बड़ा सुन्दर माल है। शराब के नशे में धुत्त है। बड़े आराम से सो रही है। कहां ले चलें?"

"मेरे घर।" एक ने कहा।

"तो आ जाओ।"

तीनों टैक्सी में सवार हो गए। एक पिछली सीट पर बैठ गया और रोमा के शरीर पर हाथ फेरने लगा, लेकिन रोमा को कोई होश न था।

"यह तो बिलकुल बेसुध है। गहने भी खूब पहन रखे हैं। गले में हार है। कानों में टाप्स। घड़ी है। चूड़ियां हैं। मैं ज़रा इसके पर्स की तलाशी लूं।" कहकर उसने रोमा से पर्स ले लिया। खोलकर देखा उसमें दो सौ सत्तर रुपये थे।

"एक सौ सत्तर रुपये हैं।" उसने सौ का नोट धीरे से जेब में डाल लिया।

"आज की रात तो दीवाली की रात है।"

और वह रात दिवाली की रात बन गई। वे बारी-बारी उसके शरीर से खेलते रहे।

एक घण्टे बाद रोमा को कुछ होश आया, "मैं कहां हूं?"

"स्वर्ग में।" एक ड्राइवर बोला।

"मुझे प्यास लगी है। व्हिस्की दो।"

"लो मेरी जान, व्हिस्की की कमी नहीं। जो बोतल वह पी रहे थे उन्होंने उसमें से आधा गिलास बढ़ा दिया। रोमा ने नशे की दशा में गिलास होंठों को लगाया और नीट ही पी गई।

रात के दो बज गए तो उन्होंने कहा, "अब इसे होश आ सकता है। इसलिए इसे कहीं पहुंचा दो।"

"कहां?"

"अरे किसी पार्क में फेंक देते हैं।"

"तुम फेंक दोगे?"

"चिंता न करो।" वह ड्राइवर नशे में था, "लेकिन गहने उतार लो।"

उन्होंने सारे गहने उतार लिए। साड़ी उसके शरीर पर आड़ी-तिरछी लपेट दी और सहारा देकर कमरे से निकालकर टैक्सी में डाला।

एक सुनसान पार्क के पास टैक्सी रोककर एक ने कहा, "पहले नीचे उतरकर देख लो, कोई गश्त का कांस्टेबल तो नहीं है।"

एक नीचे उतरा। उसने चारों ओर देखा, "यहां तो कोई नज़र नहीं आ रहा।"

"बस तो इसे उठाओ और धीरे से घास पर लिटा दो। आवाज़ न हो।"

उन्होंने ऐसा ही किया। और टैक्सी में बैठकर चले गए। रोमा बेसुध पड़ी थी और अर्धनग्नावस्था में थी।

रात्रि के साढ़े ग्यारह बजे रीटा का पति मनोहर क्लब से आया तो रीटा ने बताया कि किस तरह रोमा आई थी और पौन बोतल खत्म करके चली गई। उसकी

दशा खराब थी। कदम उठ न रहे थे। उसने रोकना चाहा लेकिन वह रुकी नहीं।

"तुमने जाने क्यों दिया?" मनोहर ने प्रश्न किया।

"उसने ज़िद की। कहा कि वह जा सकती है।" रीटा बोली।

"मूर्ख! उसके घर फोन करो कि वह वहां पहुंची है या नहीं।" मनोहर ने कहा।

"तो आप कीजिए।"

मनोहर ने सतीश के घर का नम्बर मिलाया, "सतीश है?"

"मैं बोल रहा हूं।" सतीश ने कहा।

"सतीश डियर! मैं मनोहर बोल रहा हूं। क्या रोमा घर पहुंच गई है?"

"नहीं। लेकिन तुम क्यों पूछ रहे हो?"

"वह घर से कब निकली थी?"

"साढ़े पांच बजे।"

"तो वह वहां से सीधी मेरे यहां आई। मैं क्लब में था, लेकिन रीटा घर पर थी। उसके पास बोतल थी और वह यहां बैठकर पीती रही। वह पौन बोतल से अधिक खाली करके ज़िद करके घर चली गई।"

"कितने बजे निकली थी?"

"साढ़े दस बजे।"

"मगर अब तो बारह बजने वाले हैं और वह अभी तक यहां नहीं पहुंची!" सतीश ने कहा।

"मैंने इसीलिए फोन किया है ताकि पुष्टि कर लूं कि वह पहुंच गई है या नहीं।"

"टैक्सी कहां से ली थी?" सतीश ने पूछा।

"टैक्सी कहां से ली थी?" मनोहर ने पत्नी से पूछा।

"मैंने फोन करके मंगाई थी।" रीटा बोली।

"रीटा ने फोन करके मंगाई थी।"

"अपने स्टैंड से?"

"हां।"

"टैक्सी का नम्बर नोट किया था?" सतीश ने पूछा।

मनोहर ने पत्नी से पूछा।

"नहीं। रीटा ने नम्बर नोट नहीं किया।"

"खैर! स्टैंड से पता चल जाएगा। वह लिस्ट रखते हैं।"

“अब क्या किया जाए?”

“टैक्सी का पता तो दिन में चल जाएगा। मैं पुलिस कंट्रोल रूम में फोन करके पूछता हूं कि कोई एक्सीडेंट तो नहीं हुआ है।”

“मैं क्या सहायता कर सकता हूं।” मनोहर ने कहा।

“प्रतीक्षा करो।”

“जैसे ही उसका पता चले मुझे फोन कर देना। हम पति-पत्नी रात-भर सो न सकेंगे।”

“मैं जानता हूं। गुड नाइट।”

अब सतीश के होश उड़ गए। उसकी सारी ज़िद टूट गई। वह रोमा के लिए परेशान हो उठा। एक्सीडेंट के अतिरिक्त नशे की दशा में ड्राइवर उसे कहीं भी ले जा सकता है। उसके साथ बलात्कार कर सकता है। उसके गहने उतार सकता है। आज उसे आभास हुआ कि उसकी सज़ा ज़रूरत से अधिक थी।

उसने पुलिस कंट्रोल रूम में फोन किया। उन्होंने पांच मिनट में दुर्घटना का चार्ट देखकर कहा कि किसी टैक्सी की दुर्घटना की रिपोर्ट नहीं। आप अस्पतालों में पता करें।

उसने हर अस्पताल में फोन किया, लेकिन कोई स्त्री वहां दाखिल न हुई थी। फिर भी उसने हिदायत छोड़ दी कि यदि कोई आए तो उसे फोन कर दें।

अब इसके अतिरिक्त वह कुछ न कर सकता था। वह कार लेकर उसे सड़कों पर तलाश न कर सकता था। नींद आने का प्रश्न ही न था। वह केवल यह दुआ कर रहा था कि रोमा ज़िन्दा हो। मौत के विचार से वह कांप उठा।

वह सिगरेट पर सिगरेट फूंकने लगा और कमरे में बेताबी से टहलने लगा।

आज उसे अनुभव हो रहा था कि यह रोमा की पराजय न थी बल्कि उसकी ज़िद की पराजय थी। रोमा को इस दशा में पहुंचाने का तमाम उत्तरदायित्व उसपर था। वह इस समय किस दशा में होगी! उसके ज़ेवर जाने का उसको खेद न था। उसे डर था कि उसकी लाज न लुट जाए। नशे की दशा में कोई भी अनैतिक लाभ उठा सकता था।

साढ़े तीन बजे फोन की घंटी बज उठी। उसने लपककर फोन उठाया।

“मिस्टर सतीश वर्मा?” आवाज आई।

“मैं बोल रहा हूं।”

"मैं...अस्पताल से बोल रहा हूं। पुलिस अभी-अभी एक औरत को लाई है जिसके कपड़ों से प्रकट होता है कि किसी अच्छे घराने की है। वह शराब के नशे में धुत्त है।"

"मैं दस मिनट में पहुंच रहा हूं, आप यह बात किसीसे न कहें। इसे जनरल वार्ड में न रखें, नर्सिंग होम में कमरा दे दें।"

"हम कोशिश करेंगे। लेकिन नर्सिंग होम में कोई कमरा खाली नहीं।"

"आप पैसे की चिंता न करें।"

"वह हम जानते हैं।"

"इसकी जान खतरे में तो नहीं?"

"हमने फौरन डाक्टरी सहायता पहुंचाई है। आप आ जाएं। कुछ ऐसी बात भी है जो मैं फोन पर नहीं कह सकता।"

"मैं दस मिनट में पहुंच रहा हूं।"

"बेहतर।" कहकर उसने फोन बन्द कर दिया। कार लेकर वह पन्द्रह मिनट में अस्पताल पहुंच गया। एमर्जेन्सी वार्ड से पता चला कि अभी वह वहीं है। "डाक्टर इंचार्ज कौन है?" उसने हाउस सर्जन से पूछा जिसकी आंखें नींद से सुर्ख हो रही थीं।

"डाक्टर श्रीवास्तव।"

"कहां हैं?"

"भीतर एक रोगी को देख रहे हैं।"

"महिला है?"

"जी हां।"

"मैं भीतर जा सकता हूं?"

"चले जाइए। बायें हाथ पहला कमरा है।"

कमरे में रोमा स्ट्रेचर पर लेटी हुई थी। एक डाक्टर और एक नर्स उसके पास खड़े थे।

"मैं सतीश वर्मा हूं," सतीश ने डाक्टर से कहा, "आप डाक्टर श्रीवास्तव हैं?"

"जी हां, यही आपकी पत्नी हैं।"

"जी हां।"

"मेरे साथ आइए!" वह एक ओर चल दिया। एक कोने में वे दोनों खड़े

हो गए।

"मुझे खेद है!" डाक्टर श्रीवास्तव ने कहा।

"किस बात पर? रोगी की दशा पर?"

"वह तो मैं सम्हाल लूंगा। मैंने दो इंजेक्शन दिए हैं। लेकिन नाड़ी बहुत सुस्त है। जिगर बढ़ चुका है और..."

"और?" सतीश ने जल्दी से कहा।

"मुझे खेद है कि इनके साथ छः-सात आदमियों ने या छः-सात बार बलात्कार किया है।"

"ओह भगवान!"

"खैर, घबराइए नहीं, मैं संभाल लूंगा। यह तीन-चार घण्टे में होश में आ जाएंगी।"

"वह किस तरह?"

"नशा उतारने का केवल एक तरीका है। सारे शरीर पर कई कम्बल डाल दिए जाएं, नंगा चेहरा रखा जाए और माथे पर बर्फ के पानी में भीगी पट्टियां रखी जाएं।"

"तो यह व्यवस्था आप कब कर रहे हैं?"

"जरा नाड़ी ठीक हो जाए। इतनी अधिक मात्रा में शराब पी जाने पर तो हार्ट फेल भी हो सकता है।"

"क्या ऐसा खतरा है?"

"इसके लिए मैंने इंजेक्शन दे दिया है। अधिक खतरे की बात नहीं। यदि दो घण्टे और इस दशा में पड़ी रहतीं तो इनकी मृत्यु हो सकती थी।"

"डाक्टर! इसे बचाइए। हर कीमत पर।"

"कीमत तो यहां कोई नहीं, यह सरकारी अस्पताल है। वैसे अब यह सुरक्षित हाथों में हैं।"

"यह कहां मिली?"

"पुलिस के गश्त के सिपाही ने इन्हें एक पार्क में देखा। फिर हमें एम्बुलेंस के लिए फोन किया। मैंने उसी समय एम्बुलेंस भिजवा दी। जब यह आईं तो मैं समझ गया कि किसी अच्छे घराने की हैं। वैसे इनके शरीर पर गहने भी थे?"

"मैं कह नहीं सकता। लेकिन कान, गले और कलाइयों को खाली नहीं रखती है।" सतीश ने कहा।

"वे उन लोगों ने उतार लिए।"

"क्या आप अखबार के संवाददाताओं को सूचित करेंगे?"

"हम कभी खबर नहीं करते, पुलिस वाले देते हैं। इन्हें थाने के सिपाही लाए थे। आप वहीं ड्यूटी अफसर को मिल लें, वह खबर दबा देंगे।"

"तो मैं जाऊं?"

"हां, आपके करने के लिए कुछ नहीं। मैं कह चुका हूं कि अब यह सुरक्षित हाथों में हैं।"

"डाक्टर, मैं आपका धन्यवाद नहीं कर सकता!"

"यह मेरा कर्तव्य है, धन्यवाद की आवश्यकता नहीं।"

"मैं पुलिस स्टेशन हो आऊं।"

पुलिस स्टेशन पर उसने ड्यूटी अफसर को सौ का नोट दिया तो उसने विश्वास दिलाया कि यह खबर अखबारो में नहीं छपेगी। वहां से वह फिर अस्पताल पहुंच गया।

रोमा के शरीर पर कम्बल थे और नर्स ठंडे पानी की पट्टियां माथे पर रख रही थी।

"डाक्टर! होश आया?"

"हां, आंख खोली थी। लेकिन बात नहीं की। अब इन्हें प्राकृतिक नींद आ जाएगी और पांच घण्टे में बात करने योग्य हो जाएंगी।" डाक्टर श्रीवास्तव ने कहा।

"यह टैक्सी में सवार थी, और मैं उस टैक्सी-ड्राइवर को ढूंढ़ निकालूंगा।"

"किसलिए?"

"उसको दण्ड मिलना चाहिए।"

"लेकिन आप तो खबर को दबाना चाहते हैं। इस तरह तो यह खबर अखबारों में छप जाएगी।"

"ओह!" सतीश ने गहरी सांस ली, "यह कल तक ठीक हो जाएगी?"

"मेरा विचार है इन्हें कम से कम पन्द्रह दिन तक अस्पताल में रहना पड़ेगा। इनके जिगर की बहुत बुरी हालत है।"

"ओह भगवान!"

"यह पहले होश में तो आएं, फिर पता चलेगा कि जिगर में पानी तो नहीं

भर गया।"

"उस सूरत में?"

"पानी निकालना पड़ेगा।"

"तो दशा गम्भीर है?"

"अभी कुछ नहीं कहा जा सकता।" डाक्टर ने उत्तर दिया।

सतीश को प्रतीक्षा करनी पड़ी, क्योंकि प्रतीक्षा के सिवा कुछ कर न सकता था।

रोमा पन्द्रह दिन अस्पताल के नर्सिंग होम में रही, फिर घर आई। उसे सतीश घर लाया। जब वह सतीश के सहारे बेडरूम में पहुंच गई और पलंग पर लेट गई तो सतीश बोला, "अब तुम घर लौट आई हो।"

"आपकी मेहरबानी से।"

"खैर। मेरी मेहरबानी का प्रश्न पैदा नहीं होता। मैं अब तुमसे आशा करता हूं कि तुम अपने जीवन को संवार लोगी।"

"नर्सिंग होम में कई दिनों तक मैं यही सोचती रही।"

"और क्या उत्तर मिला?"

"यदि आप चाहते तो जीवन संवर सकता था।"

"तुम अब भी मुझे ही अपराधी ठहरा रही हो!"

"यदि आप अब भी ज़िद करते हैं तो मैं ज़ुबान को बन्द रखती हूं। लेकिन मैंने एक वाक्य में सारी बात कह दी है।"

"खैर, मैं न तो अफसोस कर सकता हूं—उस जीवन पर जो गुज़रा है और न ही मैं कोई आने वाली ज़िन्दगी की सुन्दर या रंगीन तस्वीर पेश कर सकता हूं।"

"उस सूरत में आप मुझसे क्या आशा रखते हैं?"

"पन्द्रह दिन बाद भूषण का विवाह है। घर में बहु आ रही है। क्या तुम नहीं समझतीं कि तुम्हारा बदलना ज़रूरी है?"

"और आप चाहते हैं मैं बदल जाऊं?"

"मैंने तुम्हारी पहली गलती पर पर्दा डाल दिया और अब पन्द्रह दिन पहले जो हुआ उसे भी पर्दे में रखा। अब मैं तुम्हारी कौन-कौन-सी गलतियों पर पर्दा डालता रहूंगा?" सतीश ने प्रश्न किया।

"मुझे बदलने को कह रहे हैं, क्या आप थोड़ा भी नहीं बदल सकते?" रोमा

ने क्षीण स्वर में कहा।

"अब तुम चाहती हो कि मैं अपना पलंग इस कमरे में ले आऊं?"

"इसकी आवश्यकता नहीं।"

"फिर?"

"इसके अतिरिक्त कुछ और भी तो हो सकता है।"

"अच्छा मैं कोशिश करूंगा।"

"मेरे लिए यही बहुत है। मैं फिर एक आशा पर जीवित रह सकती हूं।"

"डाक्टर ने कहा कि शराब तुम्हारे लिए विष बन चुकी है और तुम्हें हानि पहुंच सकती है।"

"जवानी तो खत्म हो गई, अब जीने की तमन्ना भी नहीं रही है।" रोमा ने उदास स्वर में कहा।

"इसका मतलब है तुम शराब नहीं छोड़ोगी?"

"मैंने यह तो नहीं कहा।"

"खैर, मैं जा रहा हूं। नौकर घर में है।"

"वह तो सदा से थे।" रोमा ने कहा और मुंह दूसरी ओर कर लिया।

सतीश चला गया।

विवाह का दिन आ गया। घर में हर तरफ खुशी थी, लेकिन रोमा एक बीमार और अपाहिज की भांति सोफे पर लेटी यह सब कुछ देख रही थी।

बारात रवाना हुई।

"क्या मैं बारात के साथ न जाऊंगी? रोमा ने सतीश से कहा।

"तुम इस दशा में नहीं हो।"

"लेकिन आज मेरे इकलौते बेटे का विवाह है। मैं इस खुशी में सम्मिलित होना चाहती हूं।"

"तुम थक जाओगी।"

"मैं थकना चाहती हूं।"

"मैं इसकी आज्ञा नहीं दे सकता।"

और बारात चली गई।

रोमा अपने बेडरूम में चली गई। रात के ग्यारह साढ़े ग्यारह बजे डोली को

आना था और उसे डोली का स्वागत करना था।

राधा उसके पास थी।

"राधा!"

"जी!"

"आज खुशी का दिन है।"

"जी हां।"

"और मुझे साथ नहीं ले जाया गया।"

"मैं जानती हूं।"

"मैं इस ज़ुल्म को सहन कर लूंगी। लेकिन मैं सोचती हूं कि कब तक ज़ुल्म सहन करती रहूं! पहले मुझे सतीश ने तलाक न दिया, अब अस्पताल में मरने न दिया, इसलिए कि वह ज़ुल्म ढाता रहे। आज शराब पानी की भांति मेहमानों में बंटी। क्या मेरे हिस्से में नहीं है?"

"मेम साहब, आप इसका नाम न लें। डाक्टरों ने कहा है कि यह आपके लिए विष है।"

"मेम साहब नहीं, मित्र कहो। मैं आज प्यासी नहीं रहना चाहती। मैं देखती हूं कहीं व्हिस्की बची है या नहीं!" कहकर वह कमरे से निकल गई और न मालूम कहां से एक बोतल ले आई।

"आओ दोस्त! आज जश्न मनाएं। तमाम उम्र तो बेमानी तौर पर पी थी। आज तो पीने का दिन है—एक कारण है, एक खुशी है और मैं प्यासी नहीं रहना चाहती।" कहकर उसने गिलास में व्हिस्की डाली, पानी मिलाया और 'बेटे की शादी के नाम' कहकर गिलास होंठों से लगा लिया।

"दोस्त!" राधा बोली।

"दोस्त! ...आखिर तुमने इतने वर्षों के बाद अपनी ज़ुबान से कह ही डाला! हां कहो।"

"आप यह न पिएं।"

"क्यों?"

"यह आपके लिए ज़हर है।"

"लेकिन आज महान दिन है। आज मुझे बेटे की बारात में होना चाहिए था। तुम्हारे साहब ने हज़ारों रुपये की व्हिस्की मेहमानों को पिला दी और मैं

केवल देखती रही।"

"खुशी व्हिस्की से ही पैदा नहीं होती।"

"लेकिन मेरे लिए केवल व्हिस्की पैदा करती है।"

साढ़े दस बजे तक वह बेतहाशा पीती रही और अतीत की बातें करती रही।

अचानक उसके सीने में दर्द उठा।

"मेम साहब!" राधा चौंककर बोली।

"क्या है दोस्त?" रोमा ने सीने पर हाथ रखते हुए कहा। दर्द से उसकी बुरी दशा थी। यह दर्द सहनशक्ति से बाहर था।

"आपके चेहरे का रंग बदल गया है।"

"मैं जानती हूं।" रोमा ने मुस्कराने की कोशिश की, "मेरे सीने में दर्द है और बायें बाज़ू में भी शुरू हो चुका है और मैं जानती हूं यह क्या है!"

"मैं डाक्टर को फोन करूं?"

"नहीं। अब डाक्टर कुछ न कर सकेगा। मैं केवल कुछ मिनटों की अतिथि हूं। मैं डोली का स्वागत न कर सकूंगी। दुल्हन और दूल्हे को इकट्ठे न देख सकूंगी।"

"मेम साहब! मैं डाक्टर को बुलाती हूं।"

"नहीं दोस्त! तुम कहीं न जाओ, मुझे अकेला न छोड़ो। मैं जानती हूं यह दर्द किस प्रकार का है। तुम जल्दी से वार्ड रोब खोलो और मेरे गहनों का डिब्बा निकालो।"

"चाबियां कहां हैं?"

"चाबियां! वह तो मुझे मालूम नहीं।" रोमा दोनों हाथों से अपना सीना दबा रही थी।

दर्द की तीव्रता बढ़ती जा रही थी। अब उससे सांस लेना भी कठिन हो रहा था।

"मेम साहब! मैं डाक्टर को बुलाती हूं।"

"डा..........क...ट...र...वह...क्या..." और रोमा ने दम तोड़ दिया।

वह डोली का स्वागत न कर सकी।

अब जब डोली आएगी तो उन्हें अर्थी का प्रबन्ध करना पड़ेगा!

• • •